KB216459

안녕들 하신가

**일러두기**

◆ 이 책의 인·지명은 국립국어원이 정한 외래어 표기 용례를 따랐으며,
  규범 표기 미확정 용어의 경우 일반적으로 널리 쓰이는 표현을 취했습니다.

# 안녕들 하신가

송세진 글과 사진

오늘산책

# 차례

## II 여행 사람

거기,
안녕들 하신가요?


나는 호기심을 따라 여행하는 사람입니다.

처음 카피라이터가 되기로 마음먹은 것도 대상을 늘 새롭게 공부하고 해결하는 것이 재미있었기 때문입니다. 물론 명함에 '카피라이터'라고 찍히는 게 마음에 들기도 했어요. 별다른 취미도 없었기 때문에 가혹할 정도로 열심히 일을 했습니다. 참 이상하게도 '짬밥'은 쌓여가는데 '사회 생활'은 익숙해지지가 않았어요. 드라마에 나오는 웬만한 권모술수와 비리, 관습화된 불평등, 성희롱 같은 건 다 겪어봤죠.

나는 겉돌기 시작했어요. 이러저러한 스트레스를 핑계 삼아 여행에 맛을 들였습니다. 모르는 곳으로 가는 건 무서워 죽겠는데,

일터 근처에 있기도 싫고……. 새로운 곳에 대한 호기심과 태생적 게으름 사이에서 늘 갈등하는 여행자로 살았습니다. 휴가를 받아 떠나는 여행도, 광고 촬영이나 세미나 등 일 때문에 떠나는 여행도 좋았습니다.

어느 날, 겁보 쫄보였던 내가 큰 용기를 내어 프리랜서가 되었습니다. 프리랜서는 무슨, 실은 허리가 아파 회사를 관뒀어요. 일단 없어 보이기 싫어서 학교에 다닐까 했습니다만, 결국 '여행작가'라는 간헐적 직업을 하나 더 갖게 되었습니다.

여전히 '작가'라는 호칭은 어색해서 스스로를 '글밥 먹는 사람'이라 말합니다. 물론 지난 10년 동안 여행글을 어느 누구보다 많이 썼다고 자부합니다만 '작품'이라 하기엔 실용적인 면이 더 많아요. 작품을 써야 작가 아닌가요? 하던 대로 여행글도 목적과 클라이언트 요청에 맞춰 기획하는 것이 익숙하기 때문이기도 하고, 하는 일이 광고 마케팅이다 보니 '글＝일'이지, '글＝작품'이라 말하는 것에는 도무지 적응이 되지 않아요.

그러저러한 이유로 여행 에세이는 이제 겨우 두 번째입니다. 8년 전 나온 첫 에세이를 보면 스스로의 허세에 한 번씩 실소가 나옵니다. 그때 난 프리랜서 2년차, 아무래도 힘을 빼기엔 시간이 좀 부족했나 봅니다. 한 사람의 안티도 없길 바랐고, 그 책을 통해 내가 어떻게 보여질까 걱정도 많았던 것 같습니다. 나를 기억하고 있을 지인들에게 성공한 프리랜서처럼 보이고 싶었는지도 모르겠습니다. 초년생 시절에 '카피라이터'라는 직업이 슬쩍 맘에 들었던 것처럼 '여행작가'라는 호칭도 슬쩍 멋있기를 바랐던 것 같습니다.

독립 10년은 조금씩 마모되는 시간이었습니다. 조금은 둥글어지기도 했겠지만 사람이 그렇게 쉽게 변하던가요. 예전만큼 치장할 만한 타이틀도 없고, 가리고 싶은 치부도 없고, 잘 보이고 싶은 대상도 없고……. 뾰족함이 사라졌다기보다 어느 부분은 다소 생각이 무뎌진 것 같습니다.

그래서인지 이 책에서는 다른 사람의 시선을 의식하기보다 내 마음을 많이 들여다보려고 애썼습니다. '여행에 대단한 의미 부여는 하지 말자. 설령 그렇다 하더라도 배웠다, 치유했다 이런 말 하지 말자. 속상하고 서운했던 마음도 가감 없이 드러내고, 서툴러서 몸고생, 조급해서 맘고생, 멍청해서 개고생한 것도 그냥 써보자.' 하면서 초안을 넘겼습니다.

여행이 쌓일수록 걱정이 늡니다. 해외 재난 소식을 들을 때면, 게다가 그곳이 내가 다녀온 곳이라면 가슴이 덜컹합니다. 그때는 있었는데 지금은 볼 수 없게 된 것들……. 몰타 고조섬의 아주르 윈도는 비바람에 사라졌고, 네팔 박타푸르 유적은 지진으로 무너졌고, 오키나와의 큐리성은 화재로 잿더미가 되었습니다. 멕시코의 국민 맥주 코로나는 코로나19(covid19)로 동음의 불명예를 가졌고, 미얀마 정치 소식은 우리의 과거를 보는 것 같아 더 가슴이 아픕니다.

배고픈 여행자에게 간식을 나눠준 멕시코 가족들, 길 잃은 이 방인을 도와준 시칠리아 연인들, 택시값을 흥정했던 미얀마 양곤의 기사님들, 보트를 저어주던 혜호의 소년들, 카메라를 보고 사진을 찍어달라 했던 여러 나라 아이, 어르신, 학생들…….

그곳에 두고 온 내 시끄러운 마음들이 오늘 다시 안부를 묻습니다. 모두 안녕들 하신지, 지진에 폭우에 화재에, 그리고 사람 때문에 아픈 일은 없는지 궁금해집니다. 안녕들 하신가요…….

팬데믹으로 발이 묶이니 예전에 다녀왔던 여행은 진심 꿈만 같습니다. 그리하여 착실히 저축도 하지 않고 틈만 나면 싸돌아다니던, 현실에 적응하지 못하고 자꾸만 새로운 세상을 궁금해하던 나 자신을 처음 칭찬해 보았습니다.

'고맙다, 과거야. 잘했다, 방랑벽. 내가 결혼을 해봤니, 오래오래 간직할 로맨스가 있니. 앞으로도 여행의 기억을 붙들고 살겠구나.'


집콕하는 동안 드로잉을 배우고, 역사와 음식에 대해 조금 더 공부했습니다. 다시 여행할 수 있을 때 어딘가에 앉아 여행 일기를 그리고 있을 나를 상상합니다.

떠나온 그곳
두고 온 나의 시끄러운 마음들이
안부를 묻다.
안녕들 하신가.

# I

## 여행

# 1.

여 행 에 는

여 행 의

언 어 가   있 다

# "How are you?"를

## 어떻게?

"와, 여행 참 많이 다니셨네요! 영어 무척 잘하시나 봐요?"

출장이다 뭐다 여행 좀 했다고 하면 열이면 여덟은 이런 질문을 한다. 부끄럽지만, 지금도 출입국 카드를 쓸 때면 샘플을 몇 번씩 본다. 출입국 카드와 세관 신고서 앞에서 긴장하는 나, 나만 그런 거 아니지?

여전히 "How are you?"는 어렵다. "Hello!"까지는 좋은데, 서양 사람들은 꼭 이걸 물어본다.

미얀마 인레호수 근처의 게스트하우스에서 있었던 일이다. 게스트하우스 주인의 며느리이자 매니저인 D는 처음부터 나에게

큰 호감을 보이더니 들어오고 나갈 때마다 친절한 인사를 잊지
않았다. 첫날 밤을 그곳에서 머무르고 아침 산책을 나서는데 아니
나 달라, 입구에서부터 나를 보고 있다가 "Good morning." 한다.
나 역시 "Good morning." 여기까지 매끄러웠는데 이어서 "How
are you?"란다. 이런! 올 게 왔다. 너 어떠냐고? 내가 지금 어떻
지? 고민하는 사이 그녀는 얼굴을 앞으로 쭉 들이밀고 눈을 마주
치더니 다시 "How are you?" 한다. 멈칫하는 나와 달리 대답을
참을성 있게 기다리는 그녀. 결국 나는 침 한번 꼴깍한 뒤 수줍게
한마디를 던진다. "Goo……d!" 아! 얼마나 부자연스럽던지.

아니 이 사람은 왜 이렇게 'How are you'에 집착하는 거야? 이제 그만 끝났나 싶은데 그녀는 여전히 들이민 얼굴을 거두지 않는다. '드루와~' 하는 표정. 아, 맞다! '넌 어때?'를 해야잖아. "How are you?" 답하고 나니 그제야 들이밀었던 얼굴을 원위치 시키며 '아주 좋다!'고 한다. 휴우. 나 이제 가도 되지?

이것이 바로 'How are you'를 대하는 나의 자세다. 짧은 순간 만감이 교차한다. 'fine은 너무 평범한가?', '오늘은 good이라고 할 정도는 아닌데?', 'so so는 너무 무기력해 보이잖아.' 등등등 혼자 진지하고 난리다. 이런저런 생각에 아득해지는 사이 상대는 무안해하고, 머쓱해하고, 멀어져간다. 한국에서도 누군가 "식사하셨어요?"라고 물어오면 일단 한 박자 쉬고 '먹었다', '안 먹었다', '대충 때웠다' 정확히 대답하는 나. 인사를 인사로 대해야 하는데 참 쓸데없이 생각만 많다.

이거 다 학원 교육 때문 아냐? "Fine, thank you. and you?"는 너무나 뻔하다며 다양한 표현들을 막 가르쳐주고, 그걸 또 열심히 받아적고 외우고 연습하면 1과 끝. 영어학원 새벽반은 늘 일주일이 전부였지. 그 때문인가? 'How are you'에 'fine'도 제대로 못한다. 그러니까 'fine'이라도 잘해보자고 오늘도 결심.


나는 분명 영어에 취약하다. 그렇지만 혼자 태평양도 대서양도 건너고, 다국적 배낭여행에 참여해 잘도 돌아다닌다. 구력이 쌓이다 보니 이젠 말수는 적지만 배짱 두둑하게 의사 표현도 곧잘 한다. 여전히 'How are you'는 어려운 문제지만.

외국을 다니면서 터득한 것 하나, 영어를 능력으로 실력으로 하려면 되는 게 없다. 그렇지만 커뮤니케이션이라 생각하면 다르다. 도구가 영어건, 바디랭귀지건, 표정이건 어떻게든 소통해야겠다고 생각하면 뭐든 가능해진다. 이것이 생존 영어 아닌가?

여행을 하려면 영어를 잘해야 한다는 건 편견이다. 자유여행을 하는 목적은 관광지를 둘러보는 것만이 아니라 그곳에 사는 사람들도 만나기 위함인데 '영어'만 잘한다고 되나? 세상 사람들이 다 영어만 쓰는 것도 아닌데 말이다. 그리고 나만 못하나? 그들도 영어를 못하는데! 비영어권 국가에서 유창한 영어를 구사한다고 그곳 사람들이 나를 존경할 것도 아니고 '아우, 대단해! 저 사람이 좋아!' 할 리도 없다. 그러니 희망을 가져보자. '아! 영어 못해도 여행하겠구나!'

문제는 그들과 소통하고자 하는 나의 태도이다. 신기하게 말 하나 안 통하는데도 의사 소통이 되는 걸 경험하고 나면, 사람 사는 거 다 똑같다는 말을 실감하게 된다.

관광지는 더 쉽다. 나라와 관계없이 대부분의 관광지 사람들은 어느 정도 영어를 한다. 그렇다고 주눅들 필요는 없다. 그들은 서비스업에 종사하는 사람들이고, 눈치코치로 밥 벌어먹는 사람들이다. 이미 세계 각국에서 온 '영어 못하는' 사람들을 만났을 것이

미얀마 인레호수의 아름다운 풍광

다. 그러니 표정만 봐도 물이 마시고 싶은지, 화장실 가고 싶은지, 배가 고픈지 다 안다. 물건을 파는 입장이라면 더더욱 내 뜻을 살피고 싶을 것.

때로는 불친절한 사람도 만난다. 그건 서비스업에 종사하는 사람으로서의 자질 문제다. 그리고 그런 경우는 외국이 아니라 한국에서도 만날 수 있는, 즉 언어와 관계없이 만날 수 있는 불운일 뿐이다. 그러니 말 못한다고 기죽을 필요가 없다.

가장 보편적인 배낭여행지인 유럽을 생각해보자. 프랑스? 알려져 있다시피 영어를 할 줄 알아도 안 하는 사람들이다. 독일과 스위스? 렌터카 타고 길 찾는데 영어 표지판 하나가 없어 엄청 고생했던 기억뿐이다. 이탈리아나 스페인도 영어를 쓰지 않는다. 영국이나 가야 드디어 영어다. 물론 영어를 잘하면 편리할 수 있고, 친구 사귀기도 수월할 것이다. 그러나 여행에 영어가 필수는 아니다. 영어는 그저 거들 뿐!

유럽이 이러니 다른 곳은 어떻겠는가? 우리가 평생 미국만 갈 것도 아니고, 해가 지지 않는 나라라고 불렸던 대영제국의 옛 식민 국가들도 영어를 사용한다지만 발음이 천차만별이다. 사실 숫자로 따지면 스페인어를 쓰는 국가가 가장 많다고 한다. 그런데 스페니시는 영어와 유사성이 없다.

멕시코를 여행할 때는 겨우 인사말 정도만 알고 갔다. 숫자는 미처 외우지도 못하고 종이에 써 갔다. 그 실력으로 숙소도 잡고,

버스도 예약하고, 택시나 지하철도 타면서 멕시코시티에서 칸쿤까지 잘도 돌아다녔다.

문제가 있긴 했다. 음식점에서였다. 메뉴판을 아무리 들여다봐도 뭐가 뭔지 당최 알 수가 없었던 것. 영어도 거의 찾아볼 수 없어 읽을 수 있는 건 아라비아 숫자로 표시된 가격뿐. 그렇다고 굶을 수는 없잖아? 주문할 때마다 정신을 다잡고 '작업'에 돌입했다. 처음엔 그림을 그려가며 물어봤다. 닭, 생선, 돼지, 소……. 종업원들은 이런 의사 소통을 귀찮아하기는커녕 오히려 즐거워했다. 결국 주문을 실패한 적도 있지만 하루 세 끼를 꼬박 챙겨 먹다 보니 식재료에 대한 단어는 금방 익힐 수 있었다. 어차피 여행이다. 식사도 여행이니 급할 것 없다. 급히 한 끼 때워야 할 때는 그냥 빵 한 조각 사 먹으면 된다.

아는 것은 십분 활용했다. 우리는 "Hola!(안녕)"와 "Gracias!(감사합니다)"를 입에 달고 다녔다. 어디서나 열심히 인사하는 사람은 예쁘다. 외국이라고 다를 게 없다. 멕시코라는 지역 특성상 흔치 않은 동양 여자 둘이 열심히 인사하니 어디를 가나 환영받았다. 일단 마음의 빗장이 풀렸으니 의사 소통은 시간 문제.

PM 7:30

우동 예약했어요

    희한하게 직장생활을 하는 동안 일본 여행을 한 번도 하지 않았다. 출장 갈 일은 몇 번 있었는데 때마다 취소되거나 다른 일이 생겼다. 언제든 부산 가듯 갈 수 있는 곳이라 생각해 좀처럼 마음을 열지 않았는지도 모르겠다. 아님 열도가 나를 부르지 않았던 건지도……

    프리랜서가 되고 제주에 정착하면서 일본이 보이기 시작했다. 직항 비행기가 많기도 했고, 해외여행의 경로가 인천에서 출발할 때와 조금 다르다는 걸 발견한 것도 이유였다. 제주에서 인천공항까지는 어차피 환승이다. 게다가 제주에서 김포, 김포에서 인천으로 이동하고 수속하는 데 반나절은 걸린다. 그러니까 인천발 직항

보다는 부산, 대구, 상해나 홍콩, 일본 등지에서의 환승이 차라리 저렴하고 간편했다. 환승지를 살짝 여행할 수 있다는 점도 뜻밖의 소득이었다.

마침내 일본 여행을 시작했다. 주간지 연재를 위해 교토나 오사카, 후쿠오카, 오키나와 같은 관광지를 쓱 훑었다. 한마디로 기사 쓰기 좋은 대표 관광지들이다. 몇 번 오가다 보니 일본어를 조금 알면 밥 먹을 때 편하겠다는 생각이 들었다. 어렸을 때 명동만 나가면 사람들이 유난히 일어로 말을 걸었던 기억도 나고. 어? 그게 무슨 상관? 일본 사람처럼 생겼다고 일어를 잘할 리는 없지만, 그러저러한 이유를 나름 동력 삼아 문화센터 일어 입문반에 등록했다. 가기 전에 유튜브로 한 달, 문화센터에서 두 달 정도 히라가나, 가타카나 읽는 법을 배우고, 스마트폰에 번역 앱을 깔았다. 사실 번역 앱도 뭘 좀 알아야 스캔을 한다. 처음 앱을 깔았을 때는 전혀 사용하지 못하고 지워버렸던 기억이 있다.

5년간의 주간지 여행 칼럼 연재가 끝난 후에는 숙제처럼 여겨 던 제주여행 코스북도 출판했다. 그제야 비로소 마음까지 휴식할 수 있는 시간이 찾아왔다. 여행작가가 된 이후 '나의' 여행을 다녀 본 일이 언제였던가.

여행지에서는 항상 기사용 사진을 찍어뒀다. 언제 써먹을지 몰라 찍어둔 사진은 결국 어느 잡지엔가 내 글과 함께 실리곤 했다. 그러다 보니 항상 무거운 카메라를 들고 다니며 '기록용 사진'을 찍기에 바빴다. 몇 테라나 되는 여행 사진 폴더에 내 얼굴은 없었다. 인증샷은 사치요, 여행지의 카페는 한가롭게 쉬러 가는 곳이 아니라 대표메뉴 사진을 찍기 위해 가는 곳이었다.

오랜만에 '독자의 여행'이 아닌 '내 여행'을 하기로 했다. 항공사 알림으로 받은 사가(일본 규슈 북부의 도시) 특가 상품을 별 고민 없이 예약하고는 특별한 볼거리가 없기를, 이벤트가 없기를 바랐다. 다시 말해 별것 없어서 별일 안 하고 밋밋하게 보내다 오는 것이 이 여행의 목표(?)였다. 다만 '일어 몇 마디는 하고 와야지.' 하는 기대가 있었다. 이제 나는 '돈까쓰'를 '돈갓츠'라 말할 줄 아는, 발음 좀 아는 언니가 되어 있었으니 말이다.

먼저 우레시노 온천마을에 가기로 했다. 거기 온천두부가 그렇게 맛있다고 한다. 블로거나 크리에이터들의 호들갑이야 알고도 속아주는 게 미덕. 우레시노가 당겼던 건 대략 그런 이유였다. 숙소는 료칸 스타일을 도입한 관광호텔급으로 정했다. 와중에 객실이 너무 많은 곳은 거르고 나름의 촉을 세워 결정했다. 온천두부가 포함된 조식도 먹기로 했다.

열차와 시외버스를 갈아타고 마침내 우레시노 도착, 구글 앱을 켜고 호텔을 찾아갔다. 운영자이자 사장님으로 보이는 분과 소파에 마주 앉아 서류에 사인하는 것으로 체크인 시작. 그런데 이분, 영어를 전혀 못한다. 마침내 석 달간의 일어 특훈이 결실을 볼 시간인가. 료칸에서 입을 유카타도 고르고, 아침을 몇 시에 먹을지도 정했다. 일어는 아직 한 마디도 안했다. 이 정도는 종이에 쓰여 있는 질문에 표시하는 것과 손짓으로 해결이 다 되니. 얘기가 마무리될 무렵 사장님이 종이에 쓰여 있지 않은 것을 물어봤다. 저녁을 언제 먹느냐는 것이다. 응? 난 저녁 예약은 하지 않았는데? 의아한 표정을 짓자 사장님이 '룸서비스'라고 한다. 진짜?

온천 후 저녁을 예약하면 코스 요리인 가이세키를 먹을 수 있다는 정보를 어디선가 보긴 했는데, 혼자서 거하게 먹기도 그렇고 사진 속 식당 분위기도 그다지 마음에 들지 않아 그냥 지나쳤었다. 그런데 룸서비스로 간단한 저녁을 준단다. 이거 꿀이네! 그는 '우동'이라 했다. 이거 기내식 서비스랑 비슷한 건가? 우동을 준다니 좋은데? 그럼 난 7시 30분에 먹을게.

길고 긴 체크인이 끝나고 방을 안내받았다. 대욕장 바로 옆이다. 혼자 지내기에 방이 정말 넓다. 한 가족이 묵어도 될 만큼 큰 방에 짐을 던지고 동네 산책에 나섰다. 저녁 식사가 7시 30분이니 7시쯤 돌아와 이것저것 정리 좀 해야겠다는 계산이었다.

골목을 걷다가 유명한 온천두부집, 그러니까 '여기서 우레시노 온천두부가 시작되었다.'라고 하는 집을 발견했다. 항상 긴 줄을 서는 집이라는데, 비성수기에 애매한 시간이라 그런지 이날은 줄은커녕 문이 열리긴 했나 싶을 정도로 한산했다. 블로거들은 한참 줄을 섰다가 겨우 먹었다는데 이게 웬 떡? 편안하게 오리지널의 맛을 보겠군.

저녁이 7시 30분이니 두 시간쯤 남았다. 그렇다면 두부만 먹자. 보통은 두부를 포함한 세트메뉴를 먹는다는데, 여행이라고 위장에 죄짓지는 말자는 생각에 온천두부만 맛보기로 했다. 메뉴판은 오리지널 가게 치고는 복잡했다. 보통 단일 메뉴만 하는 곳이 많은데 말이다. 안 하는 음식이 없고, 심지어 아이스크림까지 판매하고 있었다. 동네 사람으로 보이는 한 손님은 덴푸라(튀김)를 주문했다. '왜 두부를 주문하지 않지?' 하는, 지극히 검색 관광객다운 의문이 들었다. 어쨌거나 이 유명 맛집에서 하이볼까지 주문하며 내 기분은 말 그대로 하이텐션을 찍고 있었다.

온천두부는 보글보글 끓는 사이 점점 하얗게 순두부처럼 변한다는데 이곳에선 뜨거운 냄비에 이미 끓여 나와 원래 모양을 알 수 없었다. 맛은 역시 좋았다. 메뉴가 많은 걸로 보아 이 집은 양념이나 음식을 잘하는 집이다. 굳이 관광음식, 즉 온천두부를 먹을 필요가 없는 동네 주민은 먹고 싶은 튀김을 먹은 것뿐.

어쨌거나 나는 우동을 위해 위장에 여지를 남기고 두부 체험을 끝냈다. 길거리의 족욕 온천장에도 들렀다가 동네를 두 바퀴쯤 더 돌고 나서 숙소로 돌아왔다. 복도에서는 이미 짭조름한 국물 냄새가 나고 있었다. 다른 방은 벌써 우동을 먹고 있나? 7시로 예약할걸.

방으로 들어와 태블릿을 꺼내 여정을 정리하며 우동을 기다렸다. 그런데 이상하다. 7시 30분이 되었는데도 기척이 없다. 조금

늦나? 배고픈데. 아, 내 시계가 5분 빠르다. 겨우 5분인데 신경은 온통 우동에 가 있으니 거 참, 너 두부 먹고 들어온 애 맞니?

드디어 벨소리. 반가움에 문을 여니 아주머니(메이드) 두 분이 흠칫 놀란다. 왜요? 나 기다리고 있었는데? 우동은요?

놀란 것도 잠시, 아주머니들은 씩씩하게 방으로 들어오더니 이불을 깔아주고 나간다. 당황을 수습하고 그제야 일어사전을 찾았다. 내가 우동으로 들었던 것은 '후통', 그러니까 포단蒲團. ふとん이다. 즉 룸서비스는 이불을 깔아주는 서비스였던 것. 주인장은 '네가 밥 먹으러 나간 동안 네 방에 들어와 이불을 깔아줄게.'라는 말을 한 것이었고, 메이드들은 나간 줄 알았던 투숙객이 문을 여니 놀란 것. 복도에서 나던 냄새는 아마도 1층 식당에서 풍겨나온 저녁 요리의 냄새였을 것이다.

갑자기 우동이 절실해졌다. 그저 가벼운 저녁이라 생각했던 우동은 완벽한 여정의 유일한 결핍처럼 느껴졌다. 난 주섬주섬 옷을 걸치고는 큰길 건너 편의점까지 걸어가 컵라면, 아니 컵우동 하나와 주먹밥을 샀다. 우동의 결핍은 '우동 그 이상'이어야 할 것 같은 보상 심리였달까?

그렇게 3개월 간의 일어 특훈은 편의점 우동으로 결론이 났고, 난 여행 칼럼니스트가 되기 전의 실수 많고 허술한 여행자로 돌아가 있었다. 이런 멍청한 실수가 얼마 만인가? 변태 같은 행복이 몰려왔다.

우레시노 마을 길거리 족욕장

완벽한 여행자는 없다. 어차피 어디를 가든 조금씩은 어설플 것. 언어 또한 여행자가 가질 수 있는 '어설픔'에 속한다. 그리고 실수가 모여 추억이 되기도 한다. 말보다는 성의를 다하는 태도만으로도 의사는 충분히 전달되고, 현지어로 인사만 잘해도 생기는 게 많다. 영어, 일어, 중국어, 스페인어가 있는 것이 아니다.

여행에는 여행의 언어가 있다.

# 2.

길 치 의

세 계

여 행 법

# 나를 살린

## 포스트맨

나는 길치다. 그것도 제법 심각한 길치다. 매일 출퇴근하는 길에서도 길을 잃은 적이 있고, 자주 가는 곳이라도 조금만 방향이 다르면 여지없이 길을 헤맨다. 집에 올 때도 내비게이션을 켜는 그런 길치다. 그러니 여행지에서 길을 잃는 건 당연지사. 처음엔 당황스럽고 두려웠지만 이제 요령이 생겨, 길을 잃으면 '음, 올 게 왔구나!' 하는 긍정의 마음으로 나만의 대처 방법을 하나씩 꺼낸다.

"나랑 같이 호주 갈래?"

호주로 시집간 친구 문숙이가 잠시 한국에 들렀을 때 내게 말했다. 당시 나는 회사를 그만두고 우울해하고 있던 터. 별 생각 없이 "그러자." 하고는 마일리지를 확인했다. 5천 마일이 부족해 엄마 것을 빌려와 항공권을 결제하고는 옷가지만 몇 개 챙겨 '친구 따라 호주' 갔다. 공항으로 마중 나온 문숙이 남편은 집으로 가는 길에 창 밖 여기저기를 가리키며 볼 곳을 조언해주고, 록스에도 가보라고 했다. 맞벌이인 그들 부부와는 휴일에만 함께 놀 수 있으니 혼자 시간을 보내야 할 나에게 이런저런 정보를 준 것이다.

록스는 시드니 오페라하우스 근처로 호주 여행의 필수 코스라 해도 과언이 아니다. 문숙이 집에서는 가는 방법도 쉬웠다. 집에서 5분 거리에 있는 역에서 기차를 타고 정해진 역에 내리면 끝. 기차역까지는 문숙이 집에서 나와 우회전 한 번, 또 우회전 한 번이면 된다.

나는 맛있는 해산물을 먹으며 호주에서의 첫날 밤을 보낸 뒤 다음날 오전 10시쯤 집을 나섰다.

기차역 가는 길, 우편배달부가 스쿠터를 타고 지나간다. 아무도 없는 조용한 길에서 그와 내가 서로 "Hi!" 하며 지나쳤다. 조금 더 걸으니 커다란 까마귀가 서울 거리의 비둘기처럼 길가에 내려와 있다. 새를 무서워하는 나는 멀찍이 서서 그들이 떠나길 기다린다. 그런데 녀석들, 비켜줄 기미가 안 보인다. 골목 끝으로 멀찍이 조심조심 그들을 지나친다.

이미 '두 번의 우회전'을 마쳤으니 기차역이 나올 차례다. 그런데 웬 막다른 골목? 이게 아닌데? 마지막 우회전 지점이 잘못된

시드니 록스

건가? 왔던 골목을 되밟아간 후 조금 더 내려와 다시 우회전을
했다. 기차역이 없다. 우회전이 아니라 좌회전이었나? 점차 혼란의
블랙홀로 빨려들어가고 있다. 겨우 5분 거리라고 했으니 골목마
다 들어가보면 기차역이 나오겠지? 이 골목, 저 골목, 왔던 골목까
지 다 들어가본다. 아까 마주쳤던 우편배달부를 다시 만난다. 이
번에도 그는 "Hi!" 한다. 해가 점점 뜨거워진다. 우편배달부가 선
글라스와 모자, 긴 소매로 중무장한 이유를 알겠다.

　이래서는 안 될 것 같다. 문숙이네 집에서 다시 시작해보기로
한다. 그래도 어떻게 집까지 찾아가긴 했다. 초심으로 돌아가 다
시 시작. 초심을 도와주려는지 그 우편배달부를 또 만났다. "Hi!"

처음처럼 경쾌하지는 않다. 지금 'Hi'가 문제가 아니다. 내 눈앞에 기차역을 다오. 그런데 '우회전×2'를 아무리 해도 문제의 기차역이 나타나질 않는다.

이제는 집에서 꽤 멀리 떨어져 왔다. 한낮의 더위와 당황스러움으로 머릿속이 하얘진 채 동네 한 바퀴를 돌아 큰길까지 나왔다. 덥다. 땀난다. 처음 보는 주유소까지 왔다. 신기하게도 그 우편배달부를 다시 만났다. "Hi!" 솔직히 안녕하지 못한 지는 한참 되었다. 그도 내가 참 이상할 것이다.

집에서 나온 지 세 시간이 지나 어느새 오후 2시. 멘붕에 빠졌는데도 위장은 정상 작동하는지 배가 고프다. 큰일났다. 여전히 길에는 사람 하나 없다. 이제 희망은 우편배달부다. 그를 다시 만난다면 길을 물어야겠다. 왜 그 생각을 지금 한 거지? 미련한 것!

하늘이 도왔다. 우편배달부는 아직 일이 안 끝났는지 내 앞에 다시 나타났다.

"안녕! 기차역에 가려면 어떻게……?"

우편배달부는 오전 내내 저 여자가 왜 저러고 다녔는지 이제야 알았다는 듯, 그리고 '너도 참…….' 하는 표정으로 가여운 나에게 기차역 가는 길을 친절하게 알려주었다. 그 위치에서는 그저 직진이었다. 다만 꽤 멀어졌다. 이후로 그 고마운 은인과 다시 마주치지 못했다. 마지막 카드를 잡은 셈이다.

길치는 길을 물어봐야 한다는 진리를 세 시간 하고도 30분이 지나서야 뼈저리게 깨달았다. 왜 진작 그 생각을 안 했을까? 그가 알려준 대로 걷기 시작했다. 물어봐야 한다는 것을 깨달은 후론 자꾸 물어보고 싶어진다. 사람이라도 있으면 제대로 가고 있는지 또 물어볼 텐데 호주의 주택가엔 사람이 거의 없다. 가게가 나타났다! 얼씨구나 잘됐다, 하고는 간단한 스낵과 물을 사고 또 길을 물었다. 말하나마나 직진.

"기차역까지 가려면 얼마나 더 걸어야 해?"

질문의 수준이 한 단계 높아졌다. 그렇게 하고도 두 번쯤 더 거리의 상점에 길을 물어보면서 직진했다. 문숙이 집에서 5분 거리에 있는 기차역인데 3시간 30분을 헤매고, 우편배달부를 만난 지점에서 다시 20분을 더 걸어 네 시간여의 대장정을 마쳤다.

이미 지칠 대로 지친 몸으로 록스행 기차를 탔다. 피곤하다고 그냥 집으로 돌아가기도 허무했고, 우편배달부도 퇴근했을 것 같아 지레 겁이 났다. 차라리 록스에 갔다가 문숙이와 퇴근길에 만나야겠다는 소심한 치밀함을 발휘했다. 자신감은 제로. 어찌어찌 기차역은 찾았지만 하마터면 경찰서에 가서 친구를 부를 뻔했던, 첫날부터 민폐 여행자가 될 뻔했던 사건이다.

그날 저녁 문숙이에게 이 이야기를 해주니 어떻게 하면 그 동네를 네 시간이나 다닐 수 있느냐며 의아해한다. 이후에 문숙이와 함께 들른 주유소에서 '여기가 그때 왔던 주유소'라고 하니 이 동네까지 왔었냐면서 아연실색. 그러니까 그 '동네'는 친구네 동네가 아니다. 문숙인 말로만 듣던 길치의 실상을 제대로 확인한 것. 지금도 한번씩 이야기하며 웃게 되는, 바로 '길치와 우편배달부 사건'이다.

물론 지금은 구글 지도를 쓴다. 뭔 자존심인지 글로벌 로밍 서비스가 나온 이후로도 몇 년 동안은 종이 지도를 보며 아날로그적 길찾기를 시도했었다. 결국 깨달은 건 아무리 노력해도 안 되는 게 있다는 사실. 나에게 그 감각은 꽝이라는 걸 알았으니 그저 와이파이 잘 챙기고 휴대폰 충전 열심히 하는 것으로 보완하는 수밖에. 아직도 오지 여행은 길찾기가 어려운 것이 문제다.

길눈이 어둡다면 물어보는 수밖에 없다. 이걸 영어로 어떻게 하나 고민할 필요 없다. 목적지만 정확히 말할 수 있으면 된다. 물론 유창하게 그 나라 언어로 물어보면 좋다. 그런데 외운 대로 질문까지 해놓고 대답을 못 들으면 무슨 소용인가? 차라리 가고자 하는 목적지만 말한다.

무례한 거 아니냐고? 태도가 공손하다면 그렇게 느껴지지는 않을 것이다. 어차피 외지인 티는 나게 되어 있다. 서툴러 보이는 게 도움을 얻기 좋다('밖'에서 한국 사람이 무뚝뚝하다는 평을 들을 때가 종종 있는데 이건 말 때문이 아니다. 방어적이고 무심한 태도 때문이다).

# "Yes"만 하는 현지인과

# 인간 내비게이터

현지인이 너무 친절해서 블랙홀에 빠진 기억도 있다. 멕시코에서는 길을 물을 때마다 사람들이 너무 친절하게 답을 해주었다. 여행 떠나기 전 멕시코인은 길을 엉터리로 가르쳐준다는 글을 읽은 적이 있는데 과연 그랬다!

팔렝케에서 미솔하로 가기 위해 지나가는 사람에게 "미솔하 가는 버스 터미널이 어디야?" 하고 물었다. 저기로 건너란다. 길을 건너서 거기 있는 사람에게 "미솔하 가는 버스 여기에 있어?" 하고 물으니 있단다. 올 거란다. 그런데 아무래도 여기가 아닌 것 같다. 이 사람 저 사람에게 물어보고 또 물어봤다. 다 여기가 맞단다. 그런데 왜 안 오는 거야? 왜 아닌 것 같지? 도저히 아닌 것 같

아 지나가는 택시를 잡고 물었더니 터미널까지 택시 타고 가란다. 내가 아무리 혼란에 빠졌어도 터미널 앞에서 택시 타고 터미널 앞으로 가는 바보짓은 안 한다.

다시 한번 진지하게 길가에 있는 다른 사람에게 물었더니 이번엔 건너가란다. 길 건너 터미널에 가보니 이건 뭐, 한눈에 봐도 미솔하 가는 미니버스는 설 데가 없다.

시야를 넓히자. 터미널 옆 골목으로 빠져 뒤쪽으로 난 길로 들어가니 드디어 문제의 미솔하행 버스가 있다! 정 없다고 느낄까 봐 모른다는 소리를 못 하는 건지, 우리 같은 여행자를 두 번은 안 볼 거라고 생각해 되는 대로 대답하는 건지 도무지 알 길은 없다. 어쨌든 멕시코에서는 이런 일을 여러 번 겪었다. 길을 찾으면서 현지인과 대화할 수 있는 점은 좋았지만, 다시 그 상황을 생각하면 명치 끝에서 고구마 몇 개 삶아 먹은 것 같은 뻑뻑함이 느껴진다.

　여행지에서 길을 잃는 건 위기다. 때로 길을 잃은 것이 새로운 경험으로 이어지기도 하지만 그런 일은 흔치 않다. 일단 길을 잃으면 여유 있게 주변을 둘러보기가 어려워진다. 예민해지고 동행하는 사람과 다투기 쉬워진다.
　함께 여행을 하다 보면 자연스럽게 역할이 나뉘고, 누군가는 길잡이 역할을 하기 마련이다. 이때 따라가는 역할을 맡았다면 길잡이 친구의 마음을 편안하게 해주고 되도록 조용히 따라가는 게 상책. 졸졸 따라다니기만 하다가 조급한 마음에 충고와 참견을 하기 시작하면 안 그래도 당황한 길잡이 친구가 엄청난 스트레스를 받는다.
　M언니와 중국 황산을 여행할 때의 일이다. 기차 시간이 빠듯하여 비바람이 몰아치는 거대한 산에서 최대한 빨리 내려가야 했다. 날씨가 나빠 산길에는 사람이 없었다. 그 비에 누가 등산을 한다고……. 산세는 깊은데 길은 모르겠고, 얇은 비옷으로 비와 바람을 맞으니 덜컥 겁이 났다.
　그런데 놀랍게도 엄청난 비를 뚫고 산에 오르는 용자들이 있었으니! 한국 산악회에서 부부 동반으로 오신 분들이었다. 역시 한국 사람 대단하다. 그분들은 지도가 물에 젖지 않도록 코팅까지

해서 산에 오르는 중이었다. 우리가 가는 방향으로 올라들 오셨으니 길을 물어보기엔 딱 좋은 대상을 만난 셈. 그분들은 지도 한 장을 건넸고, 우리는 그에 의지해 무사히 하산했다.

그날 오후 무언가 심상치 않은 기류가 언니와 나 사이에 흘렀다. 도무지 이유를 알 수 없었다.

돌아오는 기차에서 이야기를 나누며 내가 얼마나 큰 실수를 저질렀는지 알게 되었다. 내가 길치에 중국말도 하지 못하다 보니 길잡이는 자연스럽게 언니의 몫이 되었다. 그런데 의식하지 못하는 사이 언니에게 이걸 물어봐라, 저걸 물어봐라 명령 아닌 명령을 하고 있었던 거다. 무엇을 잘못하고 있는지는 깨닫지 못한 채 잘못된 상황, 즉 길을 찾지 못하고 있는 그 상황에만 빠져 있었던 것. 여행하면 바닥을 보인다더니 나의 바닥은 그런 거였다. 오랜만에 자신을 보러 중국까지 온 동생에게 숙식 제공에 여행 가이드까지 자처하며 친절을 베푼 언니만 스트레스를 받았고, 난 무심했으며, 상황 앞에 조급하기만 했다.

다행히 우리에겐 서로를 향한 믿음과 감사하는 마음이 있었고, 무엇보다 언니의 넓은 아량이 있었다. 돌아오는 기차 안에서 우린 밤새 이야기를 나누며 마음을 풀었다. 언니, 우리 풀린 거 맞지?

**길치 여행자를 위한 노하우**

1. 숙소 주변 가벼운 동네 산책에서도 길을 잘 잃어버리는 나는 카메라를 꼭 챙겨 주변 사진을 찍어둔다. 특히 이정표가 될 만한 풍경을 꼭 담는다. 이렇게 필요에 의해 찍어둔 사진이 작정하고 찍은 사진보다 좋을 때가 있어 꽤 여러 번 사진 원고로 쓰이기도 했다.

2. 숙소에서 나올 때는 반드시 숙소 명함을 챙긴다. 길치들에게 이건 '생명줄'과 다름없다. 패키지 여행이라면 더욱 그렇다. 패키지 여행자들은 수동적으로 다니는 편이라 숙소가 어딘지 의식하지 못할 때가 많다. 일정 끝나고 숙소에서 나왔다가 길을 잃는다면 적잖이 당황할 것이다.

3. 대로에서 길을 잃었을 때는 택시를 탄다. 비용이 발생하지만 더 헤맬 수 있다고 판단하면 차라리 시간을 아끼는 것이 낫다.

4. 가능하면 경찰이나 군인 등 제복 입은 사람에게 길을 묻는다. 안전을 위해서다. 그리고 이들에게서는 비교적 정확한 정보를 얻을 수 있다.

5. 말이 통하지 않을 때는 약도를 그려달라고 하고, 찾는 곳의 상호나 이름을 그 나라 말로 적어달라고 한다. 길을 찾다 또 물어볼 수 있기 때문.

내 경우, 혼자 하는 여행의 첫날엔 '반드시' 길을 잃었다. 그것 때문에 의기소침해지는 것도 사실. 그렇지만 이제는 담담히 받아들이며 '한번 했으니 내일부터 괜찮을 거다.' 하고 스스로에게 용기를 준다. 어쩌겠어? 적응해야지. 길치라고 작아지는 마음보다 여기저기 구경하고 싶은 호기심이 큰 걸.

# 3.

현지 투어 ?

패 키 지 ?

쏙 쏙 !

# 미션,

# 파서블!

나는 귀가 얇다. 이 때문에 가끔 엉뚱한 일이 벌어진다. 다른 사람 권유 앞에서 내 의지나 상황을 잊어버리고 뭔가를 확 질러버리는 경우가 왕왕 있다.

물을 무서워하는 사람이 스쿠버다이빙이라니 말이나 되냔 말이다. 초등학교 때 바다에서 크게 혼이 난 후 물은 감상의 대상일 뿐이었다. 대학교 다닐 때 수영과목이 필수였는데 재수강하라는 교수님의 통보에도 'D-'로 졸업한 나다.

K언니의 권유는 강력했다. 이집트 다합에 간다고 하자 나보다 더 흥분하고 좋아한 사람이다.

"다합에서 바다에 안 들어가면 바보지. 거기가 얼마나 유명한

포인튼데!"

"나 수영 못해."

"걱정 마. 스킨스쿠버는 장비 의존 스포츠야."

"그래도 물은 아니지."

"바닷속에 새로운 세상이 있어. 한번 해보면 너 그것만 하려고 들걸? 꼭 해야 돼! 필수라고!"

새로운 세상이라……. 팔랑귀가 그 말을 듣고 심장으로 토스하니 호기심 세포가 이를 받아 열렬히 운동하기 시작한다. 장비 입고, 장비 쓰고, 장비에 대고 숨쉬면서 인스트럭터만 믿고 따르면 된단다. 과연 그럴까? 웬지 그래도 될 것 같았다. 이쯤 되면 호기심도 병, 그 병증이 일을 냈다.

마침내 다이빙 가는 아침이 밝았다. 이집트에서 한번씩 겪는다는 배앓이에 다이빙 스트레스가 겹쳐 거의 뜬눈으로 새운 밤. 탈수 현상으로 몸을 일으켰다가도 이내 침대 위로 픽 쓰러졌다.

다이빙을 어쩌지? 하겠다고 해놓고 이제 와서 안 나가는 것도 바보 같다. 그렇지만 아프다. 안 되겠어. 그냥 날리고 쉬자.

침대에 머리를 대고 하자, 말자를 만 번쯤 생각한다. 아깝잖아. 아니, 아프잖아. 그래도 지금 아니면 언제 해봐? 그러다 물속에서 쓰러지기라도 하면 어쩌려구? 15분쯤 지난 것 같다. 눈을 감았다. 눈을 떴다.

'하지 않더라도 말은 해야 하니까 일단 나가자!'

와중에 옷 속에 수영복은 챙겨 입는다. 얘 뭐야…….

리조트 어린이풀 한쪽에 모여 앉은 스킨스쿠버 지원자들. 이런! 몇 명 없다. 게다가 여자는 나 혼자. 이런! 이런 거였어? 누구나 한다며? 안 하면 바보라며!

인스트럭터가 간단한 교육을 시작한다. 일단 나온 김에 주저앉았다. 앉은 김에 안전 교육도 듣고 있다. 들은 김에 옷을 입고, 어느새 바다로 가는 버스에 앉아 있다.

다합 바닷가 도착. 시키는 대로 물안경을 쓰고, 산소 깔때기를 입에 물고, 무릎 꿇고 고개를 처박아야 하는데……. '처박기'부터 안 된다. 본의 아니게 인스트럭터의 인내심을 시험한 나는, 화만 안 냈지 얼굴 색깔로 감정이 다 드러난 그의 손에 이끌려 어느새 바닷속으로 들어왔다. 수면 아래는 소문대로 'wonderful!'했다. 그렇지만 나는 자주 올라가자고 엄지손가락을 치켜올렸다. (물속에서 엄지손가락을 올리는 건 불편하니 위로 올라가자는 뜻이고, 두 손으로 엄지손가락을 붙이고 검지를 들어올려 'W' 모양을 만들면 좋다는 뜻이다.)

체험자 코스는 바다 아래 12미터를 40분쯤 유영한다. 디즈니 애니메이션에서 봤던 'under the sea' 정도는 아니었지만 떼지어 지나가는 물고기도 보고, 바닥에 딱 붙어다니는 게 종류도 보았다. 프로그램 스태프는 물속에서 사진도 찍어 보여주었다. 인스트럭터의 손을 어찌 그리 꼭 붙잡고 있던지 누가 보면 같이 여행 온 친구인 줄 알 듯. 허허!!!

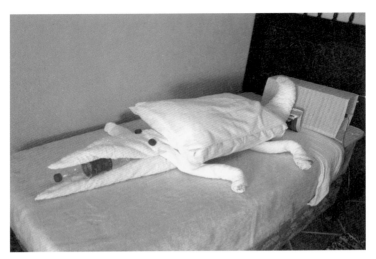

다이빙 후 숙소에서 준비한 수건 이벤트

거 참 이상하지. 아침엔 비스킷 두 조각을 먹고 비틀비틀 나왔
는데 미션을 마치고 나니 아프지가 않다. 숙소로 돌아오니 침대
위 귀여운 이벤트가 반긴다. 수건으로 말아놓은 크로커다일이다.
첫 다이빙을 축하라도 하듯 생수병과 베개까지 사용해서 꽤 정교
하게 만들어놓았다.

그래, 바다에 있는 또다른 세상. 딱 한 번쯤은 나쁠 것도 없지.
좀 바보 같았지만 재미있었어!

이집트 여행을 다녀온 뒤 몇 년이 흘렀고, 난 지금 제주도에 살

고 있다. 바닷가에 살지만 물을 감상만 하던 내가 바다에 들어가기 시작했다. 더 신기한 건 물에 뜬다는 사실이다. 물이 짜서다. '짜서 뜬다.' 이런 게 중요한 게 아니다. 내가 자발적으로 물속에 들어갔고, 국적 불명의 이상한 수영을 한다는 게 놀라울 따름. 트라우마는 극복된 걸까? 재미있는 건 여기서 만난 제주 토박이 중에도 수영을 전혀 하지 않는 친구가 있다는 것.

다시 이집트로 돌아와서, 사실 내가 고대하던 미션은 등산이었다. 다합에 도착하자마자 시나이산 등반 코스부터 알아봤다. 모세가 십계명을 받았다는 시나이산은 종교적으로도 의미가 있지만 아름다운 일출로도 유명하다. 나는 밤에 출발하는 시나이산 등산 프로그램을 예약했다. 시나이산에 들어갈 때는 몇 명씩을 모아 베두인족과 함께 올라간다.

그런데 일정이 약간 얄궂었다. 꾀병인지 중병인지 모를 배앓이에 다이빙까지 하고 온 바로 그날 저녁 출발이었다. 낮시간에는 풀사이드에 누워 있긴 했지만 여전히 배앓이가 조금 남아 있었다. 나는 해산물이 주요 메뉴였던 저녁도 거른 채, 초코바 하나와 과일주스 한 팩을 사놓고 픽업 차량이 오기를 기다렸다. 이집트 여행에서 가장 기대했던 곳인만큼 다이빙하러 갈 때와는 전혀 다른 설렘이 있었다.

드디어 미니버스가 왔다. 우리 숙소가 가장 멀리 떨어져 있었는지 버스는 나를 시작으로 다합의 호텔과 게스트하우스를 하나씩 들러 등반자들을 태웠다. 정원이 차자 죽음의 레이스가 시작되었다. 비포장 사막길을 무섭게 달리는 차는 롤러코스터 저리 가라다. 차라리 잠들었으면 싶게 만들었던 오금 저리는 질주가 끝나고 드디어 시나이산 앞에 도착했다.

자정이 다 된 시간, 캄캄한 산 아래에 세계 각국에서 온 사람들이 잔뜩 모여 있다. 우린 함께 올라갈 베두인 길잡이를 만난 뒤, 단 한 번도 경고음이 울리지 않는 초스피드(?) 검색대 문을 지나 드디어 산 앞에 섰다. 우리는 정상까지 올라갈 것이고, 그곳에서 떠오르는 태양을 볼 것이다.

어렸을 때 보았던 〈십계〉라는 영화가 생각났다. 고전 영화의 전형적인 미남자였던 찰턴 헤스턴이 돌판을 들고 내려오던 그 산이 바로 여기다. 성서에 '시내 산'으로 기록된 이곳은 크리스천의 성지 순례 코스이기도 하다. 그래서인지 처음으로 한국인의 말소리가 들린다. 낙타를 타고 능선을 오르는 어르신들의 모습이 보인다. 각오는 단단히 하고 왔지만 숨이 차오르는 건 어쩔 수가 없다. 하필이면 이날을 위해 준비한 손전등을 숙소에 두고 왔다. 아우, 늘 이런다.

별빛에 의지하여 앞사람의 발자국을 따라가다 고개를 들어 먼 곳을 바라보았다. 그 순간, 걸음을 잠시 멈췄다. 저기 사선으로 이어지는 능선을 따라 펼쳐지는 낙타 탄 사람들의 실루엣……. 맑은 사막의 하늘은 블루블랙이고, 별이 총총 떴으며, 달은 오늘따라 초승달이다. 눈앞에 보이는 모든 것이 크리스마스 카드다. 이건 사진으로 담을 수 있는 것이 아니다. 그냥 심장에 담아와야 하는 그림이다. 가뜩이나 숨이 찬데, 감탄인지 뭔지 심박이 빨라진다. 말없이 숨소리만 거칠다.

어느 산에나 있다는 '깔딱고개'. 시나이산이라고 예외는 아니다. 계단이 시작되었다. 간격 딱딱 맞춘 깔끔한 계단이 아니라서 걸음이 더 힘들다. 곳곳에 길잡이들이 기다리고 있다가 손을 잡아줄 테니 돈을 달라고들 한다. 몇 번 크게 넘어질 뻔했지만 어쨌든 정상 코앞까지 왔다.

작은 매점 앞에서 숨을 고르다 간판을 보고 풋! 웃음이 터졌다. 한국 사람이 정말 많이 오나 보다. '카페 아브라함'. 커피, 코코아 등의 메뉴가 서툰 한글로 써 있다. 그런데 왜 모세가 아니고 아브라함이지? 어쨌거나 나도 이곳에서 달달한 한국식(?) 커피 한 잔을 마셨다. 해가 뜨려면 한 시간은 더 기다려야 한다.

시나이산은 나무가 없는 민둥산이다. 바람이 여과 없이 얼굴을 때린다. 이제부터 추위와의 싸움이다. 정상 부근 매점에서는 방석과 담요를 빌려준다. 태곳적부터 '물맛'을 한 번도 보지 못한 듯한, 꾀죄죄한 펠트 담요가 곧 인기품목으로 떠오른다. 처음엔 견딜 것 같던 사람들도 이내 담요를 빌려 옹기종기 모여 앉는다. 정상 위 난민들, 어쩌면 인생 최고의 '장관'을 기다리는 사람들……. 다 같

시나이산에서 일출을 기다리는 사람들

은 마음이다.

좋은 자리에서 일출을 보려는 사람들 간에 은근 치열한 신경전이 벌어진다. 아슬아슬한 낭떠러지에 겨우 자리를 잡았나 싶으면 뒤쪽에 있던 이가 시야를 가린다며 비키라고 한다. 아, 이런! 여기까지 와서 자리를 못 잡다니. 문득 누군가 나를 부르는 소리. 누가 날? 아, 길잡이였던 베두인 청년이다. 그가 자기만 아는 명당 자리로 우리를 안내한다. 드디어 자기 몫을 하는, 센스 만점 길잡이다. 여전히 바람은 차갑지만 자리도 불편하지 않고 한가하다.

얼마를 기다리니 드디어 일출!

서쪽으로는 아직 새벽달이 떠 있고 푸른 여명도 여전한데, 동쪽으로 하얀빛이 올라오기 시작한다. 민둥산 시나이에는 빛을 흡수할 별다른 사물이 없다. 이 벌건 산은 빛나는 태양을 온몸으로 반사한다. 핑크빛이다. 장담하건대, 내 평생 가장 크고 밝은 해를 이곳에서 보았다. 온전히 해, 해만 보였다. 카메라의 셔터 소리도 소음으로 느껴졌다. 일순간 정적, 모두가 침묵했다. 각기 다른 감정이었겠지만 같은 마음이었다. 거 참 희한하다. 각자 마음속의 무엇을 하나로 단언할 수 없지만, 그 빛 아래에서 우리는 모두 하나였다.

방금 전까지 난민처럼 모여 앉아 있던 사람들이 자기 자신에게 온전히 집중했다. 따로 또 같이. 그 속에서 느꼈던 세밀함과 내밀함을 표현하기에 행복, 기쁨, 환희 따위의 언어는 너무나 단순했다. 원대한 목표를 만든다거나 앞으로 어떻게 살아야 할지를 계획하는 것조차 이 복잡하고 놀라운 순간 앞에서 속되고 초라하게 느껴질 뿐이었다. 나는 벅차올랐고, 감격했다. 그 아침 그곳에 내가 있음에 감사했다. 내 인생에 감사하는 고마운 순간이었다.

뭉클함은 그리 오래가지 못했다. 아! 한국인 성지순례단의 찬송가 소리였다. 여기저기서 한숨소리가 들렸다. 나도 크리스천이다. 그들 또한 그 감격스럽고 감사한 순간을 표현하고 싶었을 거라 생각한다. 그러나 그들이 바쁘게 자신만의 '이벤트'를 챙기는 동안 나머지 사람들의 감동과 감격은 찬물을 맞았다. 단체 투어에 염

시나이산 아래 성 카타리나 수도원의 수도사들

증을 느낄 때가 더러 있는데 바로 이런 경우다. '그룹'의 이름으로 '개인'의 순간을 방해하고 정작 자신들이 무슨 짓을 하는지 모르는 것을 목격할 때. 여기서도 예외는 아니었다. 베두인 청년은 나에게 눈을 찡긋하며 "코리안이야."라고 말했고, 농담과 웃음을 섞었지만 잠시 얼굴이 달아올랐다. 말이 살짝 옆길로 새긴 했지만 어쨌든 시나이산 미션은 성공적이었다.

미션을 누가 주냐고? 내가 준다. 여행을 떠날 때마다 한두 개 꽂히는 주제가 있다. 다른 사람이 보기엔 전혀 의미 없는 미션도 있고, 미션이 언제나 성공하는 것도 아니다. 시칠리아에서는 꼬여 버린 일정 때문에 팔라조 아드리아니를 가지 못했고, 멕시코에선 버스가 말썽을 부려 치첸이트사에 가지 못했다. 치첸이트사 사진 하나로 시작된 멕시코 여행인데 말이다. 미션이 불발하면 때로 실망감이 의욕 상실로 이어지기도 한다.

그렇지만 대개의 경우 미션은 여행을 더 재미있게 만들어주고 내게 지치지 않는 에너지를 준다. 누가 시킨 것도 아닌데 혼자 정하고, 혼자 해내고, 혼자 기뻐하며, 이 맛에 여행이 좋다고 한다. 그러니까 미션은 가히 혼자 놀기의 최고봉이다.

# 여행의

## 운빨

손을 번쩍 들었다.

"코알라!"

"정답입니다!"

생각해보니 기념품 하나를 사지 않았다. 마침 가이드가 지루해하는 여행자들을 위해 퀴즈를 내기 시작했다. 상품은 조그만 인형. 기념품 대신 저걸 따면 되겠군. 비로소 가이드의 말에 집중한다. 저 문제 내 꺼, 아니 저 인형 내 꺼! 정답을 맞히고 의기양양 코알라 인형을 받아오는데 이렇게 열심히 참여하는 어른은 나밖에 없더라는……. 실은 한 초등학생과 경쟁 중이었다. 손이 살짝 부끄러웠지만 다음 문제는 너에게 양보했잖니.

포트 스티븐스 해변

　호주에 머무는 동안 한국인 가이드가 운영하는 하루짜리 포트
스티븐스 관광 패키지를 예약했다. 시드니 간 사람은 다 가본다
는 사막모래 바닷가다. 그곳까지 가는 세 시간 동안 가이드가 여
러 이야기를 들려주었다. 마실처럼 떠나온 여행이다 보니 미리 공
부한 것도, 호주에 대해 아는 바도 별로 없던 터. 하루 관광 덕분
에 몰랐던 것도 알게 되고 조그만 기념품도 하나 얻게 된 것이다.
기념품도 생겼겠다, 적극적인 참여자 반열에 오르고 난 뒤에는 소
리를 꽥꽥 지르며 샌드보드를 타고 와이너리에 가서 와인도 적극
적(?)으로 받아 마셨다.

며칠 후에는 블루마운틴 코스도 다녀왔다. 호주에 가면 캥거루가 길거리를 뛰어다닐 줄 알았는데 그럴 리가. 이 패키지에서야 비로소 캥거루와 코알라를 보았다. 나 이제 호주에서 코알라 본 사람. 날씨가 좋지 않아 블루마운틴의 신비한 산세와 세자매봉을 보진 못했지만, 공기도 깨끗했고 산 중턱의 루라마을도 무척 예뻤다. 이 패키지는 의욕 상실 여행자에게 꽤 괜찮은 활력소가 되어주었다.

현지투어는 뚜벅이의 불편을 한번씩 해소해준다. 혼자 가기 어려운, 즉 교통편도 불편하고 비용도 많이 드는 여행지는 일정 부분 다른 사람과 셰어하는 현지투어가 효과적이다. 때문에 많은 배낭여행자들이 현지패키지와 나홀로여행을 병행한다.


미얀마 인레에 처음 갔을 때의 일이다. 헤호공항에서 냥쉐로 가기 위해 여러 사람과 함께 미니트럭을 탔다. 스페인 남자 셋, 독일인 부부, 그리고 나. 세 팀은 각각 정한 숙소에서 내렸는데 내가 묵으려고 했던 숙소는 이미 만실이었다. 나는 방이 많은 티크우드 게스트하우스로 돌아왔다.

오후에 카누를 타고 호숫가를 돌아 석양을 보고 온 것까진 좋았는데 다음날이 문제였다. 보트투어를 하고 싶은데 혼자 보트를 빌리기는 부담스럽고, 혼자서는 하루 종일 따분할 것도 같다.

잠시 로비에 앉아 있는데 주인이 마침 한국 드라마 열혈 팬이다. 한국에서 못 본 드라마를 여기서 보네. 잠깐 멍때리고 있는데 낮에 보았던 스페인 남자 셋이 들어온다. 트럭 짐칸에 앉아 함께 흔들리며 한 시간쯤을 달려온 탓인지 다시 만나니 꽤 반갑다.

"어? 다시 보네? 오후에 뭐했어?"

그들도 반가웠는지 질문이 정답기도 하다. 다시 시작된 여행자들의 대화.

"내일 뭐해?"

하핫! 물어봐줘서 어찌나 고맙던지. 그들이나 나나 뻔하다. 보트투어! 마침 그들은 지인을 통해 보트투어를 이미 예약, 인데인 유적지 포함 2만 짯에 저렴하게 네고까지 해놓은 상태였다. 네 명이면 나누기도 좋은 가격. 난 이들의 일행이 되기로 했다(굉장히 오래된 이야기 같지만 미얀마 현지 여행 가격이 해마다 무섭게 뛰고 있음을 밝혀둔다).

"나 혼자인데 좀 껴도 되겠어?"

싫다고 할 이유가 별로 없어 보였다. 어렵지 않게 합류 성공! 그때는 잘 몰랐는데 이후 가족들과의 여행에서 보트투어라고 다 같은 게 아니라는 것을 알았다. 이때 좋은 조건으로 누리고 온 덕에 가족여행 시 옵션도 알뜰히 챙길 수 있었다.

보트투어하는 날은 날씨도 좋고 운도 좋았다. 한 수상마을에서 마침 열리고 있는 신뷰Shinpyu 의식을 구경할 수 있었던 것. 신뷰 의식은 부처님의 출가를 재연하는 행사인데, 불심이 강한 미얀마

우연히 참관한 미얀마 신뷰 의식

미얀마 인데인 유적

사람들은 반드시 아들 한 명을 어릴 때 출가시켜 단기간 승려 체험을 하게 한다. 팍팍한 살림이지만 이날만큼은 출가하는 아이에게 비단옷을 입히고 화장도 해준다. 동네 사람들도 몰려와 마음껏 축하해주고 아이에게 돈도 준다. 하루 동안 석가모니처럼 왕이되는 것이다. 마당에서는 음식을 하고 잔치를 벌인다. 이 의식을 보기 위해 일부러 시간 맞춰 이곳에 오는 여행자들도 있다는데, 별 계산 없었던 우리가 우연히 직접 보게 된 것이다. 우리 일행은 잠시 그들 사이에 섞여 사탕도 나눠 먹고, 이야기도 나누고, 사진도 찍었다.

인데인 유적지에 갔을 때도 마침 장날이라 엄청난 규모의 장터를 구경하는 행운을 누렸다. 이 또한 이후 가족여행에서는 보지 못했던 광경이다. 타이밍이 정말 좋았다. 또 인데인을 한눈에 보기 위해 길도 없는 산을 타고 올라갔는데 여기도 흔히들 오는 곳은 아니었다. 훗날 가족여행에서 만난 사공은 아예 그런 뷰포인트 자체를 몰라서 내 기억을 더듬어 다녀오기도.

스페인 청년들과 함께 한 보트투어는 또다른 재미도 있었다. 홍일점이라는 이유로 여자친구나 가족에게 줄 선물을 골라주니 점심은 알아서 사주던 청년들의 센스. 유쾌한 친구들이라 함께하는 내내 즐거웠다. 투어 비용은 넷이 나눴기 때문에 절약했고.

숙소에 돌아와 그들이 "같이 저녁 먹을래?" 했지만 왠지 저녁까지 얻어먹게 될 것 같아서 정중히 사양했다.

현지인의

현지를 즐기다


　네팔에서는 2박 3일 치트완투어를 했다. 네팔 하면 대개 에베레스트와 안나푸르나를 떠올리고 아시아 최대의 정글은 자주 빼먹는다. 치트완이 바로 그곳이다. 지리상 네팔은 인도의 옆집으로, 네팔 여행을 준비하다가 1911년 인도를 지배했던 영국 왕 조지 5세가 치트완에서 11일 동안 호랑이 39마리와 코뿔소 18마리를 사냥했다는 사실을 알게 되었다. 이때부터 치트완 정글이 궁금했기에 네팔에 도착하자마자 카트만두 타멜의 여행사 사무소에서 치트완투어를 예약했다.

　치트완은 기대를 저버리지 않았다. 비포장도로는 자동차뿐 아니라 사람, 개, 고양이, 코끼리, 말, 닭, 오리, 염소 등 모든 발 달린 것들이 나눠 쓰고 있었다. 이 지역은 초가집도 그렇고 밥 짓는 냄새도 그렇고 뭔가 우리네 시골과 비슷했다.

길을 따라 늘어선 논밭 너머로 저기 공작새가 보인다. 잘못 본 건가? 눈을 크게 뜨고 봐도 사진을 찍어 확대해봐도 동물원에서 보던 바로 그 공작 맞다! 세상에! 여기가 바로 아시아 최고의 정글, 정글마을 치트완이다!

첫날 밤엔 원주민인 따루족의 전통 민속쇼를 보았다. 마을 청년회가 중심이 되어 운영하는 이 쇼는 여행 상품에 포함된 것이었다. 우리는 패키지 일정에 맞춰 코끼리를 타고 정글도 다녀오고, 나무배를 타고 습지도 다녔다. 멋진 뿔을 가진 하얀색 물소는 그냥 여염집 가축일 뿐 악어와 코뿔소도 실물 영접, 철조망 없는 자연 그대로의 그들을 만났다. 이쯤 되면 나무에 매달린 원숭이는 신기하지도 않다. 치트완 여행하느라 네팔 가면 다 한다는 안나푸르나 등반은 못 했지만, 치트완 선택한 걸 후회하지 않는다.

네팔에 다시 가게 된다면 치트완은 반드시 또 방문할 것이다. 정글에 혼자 들어갈 수 없으니 또다시 현지패키지를 이용하게 될 것. 여유롭고 한가로우면서도 적당히 흥미진진했던 추억이다.


몰타의 고조섬, 코미노섬 패키지도 실속 만점이었다. 사실 몰타의 주 섬에서 고조섬과 코미노섬을 하루에 다 가기는 쉽지 않다. 배 시간 맞추기가 까다롭고, 고조에서 코미노로 바로 가기가 어렵

등교하는 치트완 아이들

투어를 대기 중인 치트완의 코끼리들

늦은 오후의 치트완

기 때문이다. 일단 슬리에마 항구로 나가 현지패키지 여행사를 하나하나 둘러보았다. 여행사마다 콘셉트가 다양해서 원하는 요일의 마음에 드는 일정을 고르는 데 시간이 꽤 걸렸다. 나는 고조섬의 주요 볼거리를 둘러보고 코미노섬에서 태닝까지 할 수 있는 일정을 정했다. 지루한 선상 파티 같은 건 애초에 고려 대상이 아니었다.

떠나는 날, 선원들은 아무 문제 없다고 했지만 이오니아해의 파도는 만만한 게 아니었다. 고조로 달리는 내내 물이 들이치고 배가 심하게 흔들려서 몸 가누기가 힘들었다. 반면 선장은 신났다고 소리를 질러댔다. 한번씩 파도 물벼락을 맞으며 공포에 떨던 사람들이 어느 새 흔들림에 익숙해질 무렵 배는 고조에 도착했다. 고조섬 항구에는 버스가 나와 있었다.

처음으로 돌아본 곳은 빅토리아. 현지 가이드는 넉넉히 돌아보고 점심까지 먹으라고 했지만, 나는 이곳에 완전히 빠져들어 아침에 먹다 남긴 샌드위치를 우물거리며 이 오래된 요새를 구석구석 돌아봤다. 물론 이게 다가 아니었다. 처음부터 기대가 컸던 아주르 윈도는 신비함 그 자체. 저리 큰 바위에 어떻게 구멍이 뚫렸을까? 바람이 이리 거세니 그럴 만도 한데, 유독 가운데에 뽕 하고 창문처럼 열린 그 모습이 신기하고 장대했다. 물보라가 엄청나서 눈 깜짝할 사이 선글라스와 카메라 렌즈가 온통 뿌옇게 코팅되고, 머리는 어느새 산발이다.

아주르 윈도

울퉁불퉁한 바위를 왔다갔다하는데 어디선가 나타나 말을 붙이는 아저씨는 마치 그 옛날 바다의 전사 같다. 매일매일 날씨가 달라진다며, 어제는 고요했는데 오늘은 바람이 많다고 한다. 아저씨의 등장 덕분에 조금 떨어져 서서 셀카 아닌 관광사진 한 장을 남길 수 있었다. 바다 건너 저편에서는 영화 〈트로이〉의 아킬레스가 등장할 것만 같다. 이 오묘함은 말로도 사진으로도 설명이 안되네……(실제로 몰타는 영화 〈트로이〉의 촬영지이다).

지난 2017년, 아주르 윈도가 강풍에 붕괴되었다는 안타까운 소식을 들었다. 몰타의 절경을 더이상 볼 수 없다는 것이 못내 가슴 아프다. 눈에 담을 수 있을 때 한껏 담고 곁에 있을 때 마음껏 사랑해야 하는 것은 자연이나 사람이나 마찬가지인가 보다.

고조섬 몇 군데를 더 둘러보고 코미노섬으로 왔다. 고맙게도 코미노섬은 바다가 잔잔하다. 몰타에서 보지 못한 에메랄드빛 바다다. 가이드 말을 들으니 몰타에서 이런 색을 내는 바다는 코미노섬이 유일하단다. 이제는 릴렉스 타임이다. 게으름 모드 on. 사진 찍기도 귀찮다. 기념사진은 모래 위에 누운 채 대충 찍어주시고 한숨 눈을 붙였다.

생각해보니 현지패키지에도 으레 쇼핑은 껴 있기 마련인데 고조와 코미노섬 프로그램은 쇼핑도 없었다. 깔끔하고 효율 만점!

## 소소하지만 꿀팁

현지투어를 계약할 때 한 가지 고려할 점이 있다. 무조건 싼 게 좋다고 착각하기 쉬운데 뭘 모르는 소리다. 그곳이 낯선 데다 처음이기 때문에 이용하는 게 패키지다. 패키지는 지역 사정에 '빠삭한' 사람들이 만들었다. 허름해 보이는 현지 여행사라도 손해 보는 일을 하지 않는다. 협상 과정에서 야박하게 보이면 좋을 게 하나도 없다. 깎으면 깎은 만큼 넓게 둘러볼 것도 조금 보게 되고, 들으면 좋은 이야기도 덜 듣게 된다. 인터넷 몇 번만 클릭해보면 어떤 코스가 있고 무엇이 포함되는지 쉽게 알 수 있다. 협상을 하지 말라는 것이 아니라 그것이 좋은 협상이었는지 확인해보지 않고 블로그에 자랑하는 것은 어리석은 행동이라는 뜻.

소위 '여행 전문가'라 자칭하는 사람들이 현지인과의 협상 무용담을 블로그에 올리면서 '얘는…', '쟤는…' 하는데 이것은 좋은 매너가 아니다. 말은 안 통해도 태도는 전달된다. 그들도 당신을 손바닥 보듯 들여다보며 적당히 맞춰준 것뿐이다. 당신이 계산하지 않은 부분에서 이미 그만큼의 보상을 받았을 것이다. 커피 한 잔 값도 안 되는 1~2불에 연연할 게 아니다. 어차피 일주일만 지나면 다 잊어버릴 일, 괜한 미련으로 행복의 순간을 거래하지 말기!!

여행은 나 없어도

잘 굴러간다

패키지여행은 불편할 수 있다. 자유여행만큼 '자유'롭지 못하기 때문이다. 그렇지만 패키지만의 재미도 있다. 사실 우리나라 사람처럼 단체생활 잘하는 사람들도 드물다. 오히려 단체 안에서 너무 맞추는 게 문제라면 문제. 예를 들면 옵션 프로그램 같은 것 말이다. '몇 분 이상이어야 옵션 진행 가능합니다.'라든가 '이 옵션 안하시면 스케줄 끝날 때까지 기다리셔야 합니다.' 같은 가이드 말에 겁을 먹는데 그럴 필요 없다. 이런 말들은 결정을 독려하는 일종의 마케팅 멘트일 뿐 하기 싫으면 안 하면 된다.

조금만 알아보면 옵션을 포기하는 대신 할 게 많다. 일행을 기다리면서 현지인과 이야기를 나눌 수도, 주변을 둘러볼 수도 있

다. 그 틈에 오히려 더 재미있는 경험을 하게 될 수도, 단체생활 중에 꿀맛 같은 '자유'를 누릴 수도 있다(물론 옵션을 택하면 가이드의 '관리' 차원에서 좋다. 일부러 가이드를 힘들게 하는 건 옳지 않지만, 원치 않는 옵션을 선택하면서까지 배려할 필요도 없다).

작은오빠와 함께 갔던 북경 패키지여행에서 있었던 일이다. 버스에서 누군가 〈패왕별희〉에 대해 이야기하자 일행이 경극에 관심을 보였다. 가이드는 날래게 경극 공연을 알아봤고, 예정에 없던 옵션이 생겼다(어쩌면 가이드 입장에선 예상하고 있던 옵션인지도 모르겠다). 저녁 식사 후 단체관람을 한다는 것이다. 오빠와 나는 전혀 흥미가 없었다. 결론은 No! 패키지에 어르신들이 많았기 때문에 'No'라는 말은 다소 튀는 대답이었다. 암암리에 만들어진 공동체 분위기에 찬물을 끼얹는 행동이었으니. 가이드는 으레 그래온 듯 "그냥 기다리셔야 하는데 괜찮으시겠어요?" 한다. 그러니까요. 저희가 바로 그거, '그냥 기다리는 거' 원하거든요.

경극 공연 극장은 왕푸징거리 가까이에 있었다. 북경에 왔다면 한번쯤 둘러볼 만한 곳, 패키지관광에서는 유적지 다니느라 빼먹기 쉬운 바로 그곳, 왕푸징이라 더더욱 좋았다. 우린 가차없이 왕푸징거리에 내버려졌다. 그리고 그 여행에서 기억에 가장 깊이 남을 추억들을 만들었다.

때마침 이때가 중국의 국경절 기간이었다. 거리는 온통 축제 분위기였고, 북경의 자전거 물결도 온몸으로 체험할 수 있었다. 북경올림픽 이전이라 더욱더 '정리가 덜 된, 인간미 넘치는' 인파였다. 북경 사람들이 모두 몰려나온 것 같았다. 그들은 대단히 정열적이고 흥이 많은 민족이었다. 이날 평생 보아야 할 자전거를 다 본 느낌이었는데 그것만으로도 장관. 이런 관광이 어느 패키지라고 가능할까?

나중에 일행에게 경극 공연이 어땠는지 물어보니 특유의 창법이 낯설어서 머리가 아팠단다. 내 그럴 줄 알았지.

# 필수는 없어

## 선택만 있을 뿐

갑자기 시간이 생겨 다국적 배낭여행을 신청했다. 영어도 못하는데 전세계에서 모여드는 여행자들과 섞일 수 있을까 걱정이 되었지만, 여행을 일주일 남겨놓고 준비할 시간이 부족한 데다 '다국적 배낭여행'이 어떤 건지 한번 체험해보고 싶은 호기심도 있었다. 늘 그렇듯 충동 결심이 99%. 일단 여행사에 달려가 시원하게 카드를 긁었지만 나 같은 걱정쟁이가 전전긍긍하는 건 당연한 일. 일주일 동안 밤을 새가며 이집트와 요르단을 공부했다. 공부라기엔 거창하고, 주로 다큐멘터리 시청이었다.

다국적 배낭여행은 여행지의 공항에서부터 시작하기 때문에 일단 카이로로 갔다. 첫날 오리엔테이션을 하고 시간을 보내는 동안 세계 각국의 여행자들이 하나둘 도착했다. 내 룸메이트는 가장 늦게 도착한 탓에 다음날에야 얼굴을 확인할 수 있었다. 일행을 기다려야 하니 일찍 도착한 사람은 첫날이 가장 여유롭다고 할 수 있겠다.

숙소는 카이로 외딴곳에 위치한 리조트였는데 이건 일반적인 패키지여행의 공식이다. 조금 외떨어진 곳에 숙소를 정하면 상대적으로 방값이 싸고, 사람들이 흩어질 가능성이 낮다. 숙소 바깥에 별다른 게 없으니 숙소 안에서 시간을 보내는 일이 많고, 가이드 옵션이 잘 먹힌다.

역시나 가이드가 오리엔테이션을 하며 옵션을 소개했다. 카이로 시내 식당에서 수피댄스를 보면서 이집트식 식사를 하자는 거였다. 나는 옵션을 선택하지 않았다. 이집트 음식은 앞으로 먹을 일이 주야장천이다. 이곳에 오기 전 시청한 다큐 프로그램을 떠올렸다. 끝도 없이 뱅글뱅글 도는 댄서를 보며 밥을 먹는다? 보기만 해도 멀미가 나는데 거기에 밥까지? 이미 엄청난 거리를 비행으로 날아온 우리에겐 새로운 경험보다 잠깐의 휴식이 더 간절하다. 게다가 공연료가 포함된 밥값은 결코 저렴하지 않다. 당연하지 않은가? 앞으로 15일간의 대장정이 펼쳐진다. 첫날은 휩쓸리지 않고 잠깐 쉬어가기로 한다.

빵 한 조각으로 다소 초라한(?) 저녁 식사를 마친 뒤 담장을 따라 잠깐 걸었다. 리조트 직원들은 내가 혹시 멀리 나가기라도 할까 봐 살피는 눈치였다. 그럴 리가. 길치에 겁쟁이가 그럴 리가 없네요.

리조트 담장 길 끝의 작은 가게에서 사과 하나를 샀다. 주인 아저씨는 유쾌한 분이었고, 피차 언어가 서툰 우리는 손짓 발짓 말짓으로 이야기를 나눴다. 축구를 좋아하는 아저씨가 한국 축구 이야기를 시작했다. 축구를 잘 모르는 내가 낯선 이집트에서 한국 축구선수의 해외 활약상을 현지인에게 들으며 맞장구치는 건 고마움의 열렬한 표시였다. 아저씬 사진 찍는 걸 좋아하는지 자꾸 내 카메라로 사진을 찍어달라고 했다. 하핫!

아저씨와의 만남을 뒤로하고 리조트 정문 쪽으로 돌아오는데 뜻밖의 횡재를 했다. 결혼식을 막 마치고 나오는 신혼부부를 만난 것이다. 아니, 이런 걸 보다니! 이집트는 날씨가 더워서 결혼식을 주로 밤에 하는데, 신혼여행 대신 사진을 찍으며 추억을 만드는 경우가 많다고 들었다. 리조트 담벼락은 깔끔하고 예뻐 동네에서 대략 포토존에 속하는 것 같았다.

이들은 동양 여자인 나를 만난 것을 좋아했다. 그들 입장에서는 이 또한 이국적인 사진의 피사체가 될 수 있으니 말이다. 좋은 날이니 무언들 의미가 없겠는가? 신부와 신랑이 자기들 사이에서 같이 사진을 찍잔다. 난 신혼부부와 친구들의 환대를 받으며 한참을 웃고 떠들었다. 긴말 없이 많이 웃고 사진 찍고 서로 예쁘다고 추켜올렸다. 이 모든 게 수피댄스 옵션을 포기했기 때문에 가능했던 일이다.

이집트 아부 심벨

나일강가의 석양

이 다국적 패키지여행을 통해 서양 친구들의 거리낌 없는 자기 주장을 경험하기도 했다. 워낙 개성 있는 젊은이들이 모이다 보니 다국적 패키지에서 옵션을 강요하는 일은 절대 없다.

보통 이집트에서는 아부 심벨 관광을 필수로 꼽는다. 람세스가 만든 모든 건축물 중 가장 신비롭고 거대하다는 아부 심벨은 암굴 신전이다. 아스완댐 건설로 수장당할 위기에 처하자 유네스코의 주도로 이 대단한 문화유산이 통째로 현재 위치로 옮겨져왔다. 그러니 여기서 사진 한 장은 찍어줘야 '이집트 다녀왔네.' 할 만하다. 보통 룩소르 쪽에 숙소들이 집중되어 있고, 아부 심벨은 한참 달려가야 하기 때문에 옵션 중에서도 가장 비싸다. 이동 시간도 길어서 새벽부터 일어나 호텔에서 챙겨주는 도시락 하나 들고 출발했는데도 이미 아부 심벨 앞은 사람들로 북적인다. 많은 여행자들이 피라미드와 아부 심벨을 보러 이집트를 찾는다고들 하니 이러한 장사진이 이상할 것도 없다. 실제로 명불허전이다. 그 앞에 서니 감탄이 터져나온다.

그런데 유럽 친구들 중에는 아부 심벨에 관심 없다며 크루즈에 남아 게으름을 피우는 이들이 있었다. 한국이었다면 주변에서 권하고 또 권했을 것이다. 그렇게 권하고 챙겨주는 것이 우리네 정이니. 이들은 달랐다. 아니면 아닌 거다. 누가 옆에서 참견하지도 않는다. 하긴 유럽은 이집트에서 가깝고 휴가도 길게 쓸 수 있으니 오고 싶으면 또 오겠지. 그래도 그렇지, 아부 심벨인데?

아부 심벨에 다녀오니 몇몇 친구들이 크루즈 데크에 앉아 수다를 떨고 있다. 내가 물었다.

"너희, 아부 심벨 안 갔어?"

"응."

"정말 대단했는데……. 왜 안 갔어?"

"그냥."

'그런 걸 왜 물어보지?' 하는 반응이다. '가기 싫어서 안 간 건데 이유가 필요해?'라는 표정이다. 그러니까 '홍시 맛이 나서 홍시 맛이 난다고 했는데…….' 이거다. 잠시 할말을 잊었지만 그들의 문화라고 생각하니 이상할 것이 없었다. 오히려 단순 명쾌해서 좋았다. 옵션은 말 그대로 옵션이니 택하지 않았을 뿐 '나 때문에 다른 사람들이 옵션을 경험하지 못할까 봐', '분위기 망칠까 봐', '가이드가 옵션 안 했다고 안 챙겨줄까 봐' 걱정하지는 않는 분위기랄까?

우리나라 패키지여행 분위기도 많이 달라지긴 했지만, 여전히 옵션을 안 하면 왠지 튀는 것 같아 신경 쓰이고 단체에 폐 끼칠까 소심증이 발동하기도 한다. 무엇보다 '여길 가봐야~' 하는 인증샷 강박증도 한몫한다. 다국적 패키지여행에서는 그런 것들을 의식하는 것 자체가 별 의미가 없었다. 패키지 안에서 느끼는 한 줄기 '자유로움'이었다.

## 소소하지만 꿀팁

패키지여행에서 옵션을 과감히 포기해보는 것은 색다른 경험이다. 그러나 이때 안전은 자신의 책임이란 것을 잊지 말자. 일단 여행의 흥분을 가라앉히고 빨리 차분해지는 것이 좋다. 특히 현지인과 부딪치게 되는 자유시간이라면 예의 바르고 겸손한 여행자가 되길 권한다. 우리보다 생활 수준이 낮은 곳에 갈 때는 옷차림을 화려하게 하지 않는 것이 좋고, 서비스업에 종사하는 사람들 앞에서 자신이 오만하지는 않은지 돌아볼 필요가 있다. 말은 통하지 않지만 눈치가 백단인 그들은 상대가 어떠한 태도로 자신을 대하고 있는지 단번에 안다. 안타깝게도 우리나라 사람들이 해외에서 환대를 받지 못하는 이유 중 하나가 현지인을 대하는 오만불손한 태도 때문인 경우가 많다. 한마디로 '갑질' 말이다.

현지 상인들을 싸잡아서 사기꾼, 바가지업자 취급하는 것도 좋은 태도가 아니다. 흥정을 하더라도 적당히 하고, 상황을 냉정히 파악하되 사람을 따뜻하게 바라보는 눈도 필요하다.

옵션을 포기하고 잠시 자유로운 시간을 만끽할 자신이 없다면 억지로 시도할 필요는 없다. 그렇지만 한번쯤 용기를 내보면 어떨까. 모두가 'Yes'라고 할 때 'No'라고 하는 것도 여행의 색다른 재미를 만드는 방법 중 하나다.

# 4.

여 행 자 의

성 질 관 리

# 미치고

## 팔짝 뛸 일

'한국이었으면 너 가만 안 놔뒀다.'

생각은 굴뚝 같은데 말이 안 통하니 답답, 꿀 먹은 벙어리가 되는 상황이 여행 중에 종종 있다. 그런 일쯤 각오 안 하면 어찌 여행을 다닐까? 어떤 때는 알고도 당하고, 어떤 때는 한국 대표 쌈닭이 되어 들이받기도 한다.

몰타를 목적지로 정하고 비행기 티켓을 구하는데 도무지 검색이 되지 않았다. 답답한 마음에 티케팅 에이전시에 전화해보니 '말타'라고 검색해야 한다나? 내가 갈 때만 해도 우리에게 몰타는 익숙하지 않은 나라였고, 정보도 많지 않았다. 영화 〈트로이〉, 〈뽀

빠이〉, 〈그랑 블루〉, 그 옛날 현빈의 '하늘보리' CF 촬영지……. 사진 몇 장만 보고 '여긴 꼭 가봐야겠구나.' 생각했다. 또다시 충동 여행.

중세를 그대로 간직한 이 나라의 소문난 자랑거리 중 하나가 '노란색 버스'였다. 이후 현대식 버스로 싹 개비한 것을 보고 서운함을 금할 수 없었는데, 어쨌든 내가 몰타를 방문했던 2010년엔 모든 버스에 오렌지색 줄이 그어져 있었다. 오래된 베이지색 중세 도시를 달리는 노랑 버스는 그야말로 명물, 마치 놀이동산에 온 기분이었다. 기념품 가게에도 버스 캐릭터가 한자리를 차지하고 있었고, 버스 기사들의 자부심 또한 대단했다. 그들은 버스 내부를 각자 스타일대로 꾸몄으며, 운전할 때는 엄청난 카리스마를 뿜어댔다. 젊은이부터 어르신까지 연령대도 다양한데 하나같이 멋있고 잘생긴 것으로도 유명했다.

자부심, 그것이 전부였다. 이들은 도무지 친절하지가 않았다. 버스에 사람이 많으면 정류장을 그냥 지나치기도 하고, 짐 가진 손님은 승차 거부를 하거나 돈을 더 내라고도 했다. 안전을 위해서라고는 하지만 무뚝뚝과 불친절까지 안전 때문이라고는 못 하겠지. 몰타 사람들의 영어 억양이 워낙 딱딱해서인지는 몰라도 버스에 탈 때마다 주눅이 들곤 했다. 그래도 버스의 모양만큼은 사랑스러웠다.

몰타는 크기가 제주도의 6분의 1만 한 섬나라로 버스 터미널이

몰타의 클래식버스

몰타 버스의 영수증 기계

라고는 발레타에 있는 단 한 곳이 전부다. 시외든 시내든 따로 구분하기도 민망한 작은 나라이니 터미널만 가면 어디든 갈 수 있다는 이야기다. 이 귀여운 노랑 버스는 여행 내내 나의 발이 되어주었다. 나는 문도 닫지 않고 달리는 버스 앞자리에 앉아 '큰 차' 드라이브를 즐기곤 했다.

버스 요금은 내가 갔을 때만 해도 47센트(새로운 시스템 도입 후 버스 요금이 많이 올랐다). 다른 유럽 국가에 비해 상당히 저렴했다. 그렇지만 버스 탈 때 긴장을 늦출 수는 없었다. 버스의 독재자인 기사들은 거스름돈을 주기도 하고, 잔돈이 없다고 안 주기도 했다. 돈을 내면 기사석 옆에 설치된 빨간 기계에서 혓바닥 내밀듯 조그만 영수증이 나오는데 이걸 잘 챙겨야 한다. 가끔 무임승차를 하는 사람이 있어서 불시에 검표원이 버스를 타기 때문이다. 기사들 하는 걸로 봐서는 누가 감히 무임승차를 할까 싶지만.

어찌 되었든, 몰타에 있는 동안 나의 버스 여행은 꽤 순탄했다. 이번에도 어김없이 도착한 날 길을 잃긴 했지만 이후로는 실수 없이 버스도 잘 잡아타고, 감히 기사님께 어디서 내려달라고 부탁도 했었다. 점차 적응을 해서 발레타가 아닌 곳에서도 버스를 잘 갈아타곤 했다.

몰타에서 집으로 돌아오는 날, 공항 가는 버스를 타러 발레타로 갔다. 공항행 버스 중엔 유난히 구식이 많았는데 여행자에게 특별 경험을 선사하려는 일종의 전략 같기도 했다. 어쨌든 공항행 버스를 타기 위해 고물 버스들이 뿜어대는 매연 사이로 줄을 서고, 드디어 빈티지 장난감 같은 버스에 올랐다.

그런데 이상하게 기사님 컨디션이 영 별로인 듯 보였다. 이유 없이 사람을 주눅들게 한달까? 기분 탓이려나? 공항버스라 짐 가진 사람들이 많았는데 유독 나를 보며 마땅치 않은 표정을 짓는 것도 마음에 걸렸다. 47센트를 기사에게 건넸다. 짐이 많으면 돈을 더 내라는 기사가 있다는 이야기를 들었지만 아직까지는 그런 일을 당하지 않았기 때문에, 가지고 있던 잔돈을 털어 버스비를 냈다. 출국날에 깔끔하게 동전을 털게 되어 잘됐다 싶었다.

이때 인상 팍팍 쓰던 기사가 자기 나라 말로 막 욕을 한다. 말이 안 통해도 욕은 느낌이 온다. 순간 기분이 나빴지만 어차피 가는 날이고 이미 이 사람한테 기가 죽은 상태라 눈치껏 돈을 더 냈다. 여기서 동전털기는 실패. 기사는 마음대로 얼마를 계산하더니 거스름돈을 주며 뭐라고 호통을 친다. 딱 '꺼져, 이 XX야!' 느낌이다. 정신이 살짝 혼미한 와중에 드는 생각. 어? 영수증 안 받았는데? 그러나 이미 당황할 대로 당황한 나는 '리시트'라는 말조차 꺼내지 못했다.

쭈뼛대며 쳐다만 보고 있으니 빈정거리는 눈빛으로 뭐라고 또 낮은 소리로 욕지거리를 해댄다. 그러고는 아무 영수증이나 확 던지는 게 아닌가. 38센트짜리 영수증이다. 47센트에 30센트를 더 냈는데! 뭐라 말하고 싶었지만 말도 안 나오고 이미 멘붕에 멘붕이다. 아무 이유 없이 다른 승객들 앞에서 이런 취급을 당했다. 그가 무슨 말을 했는지는 모르지만 내가 뭔가를 크게 잘못한 듯한 상황으로 몰린 건 분명해 보였다. 하는 수 없이 주는 대로 영수증을 받아 챙기고 뒤쪽으로 걸어 들어가 자리에 앉았다. 마지막이 안 좋네……. 그냥 빨리 공항으로 가고 싶은 마음뿐이었다.

슬프고, 억울했고, 하소연할 곳도 없었다. 이제 골목 몇 개를 지나면 공항이다. 모퉁이를 돌아 멈춘 정류장에서 푸른 셔츠를 입은 풍채 좋은 남자가 탔다. 순간 느낌이 탁! 올 게 왔구나! 말로만 듣던 검표원이었다. 아, 하필!

그는 승객들의 표를 확인하고, 다시 사용하지 못하도록 한 귀퉁이를 찢어 돌려주며 다가오고 있었다. 나는 얼음이 되었다. 그에게 보여줄 수 있는 건 38센트짜리 근거를 알 수 없는 영수증뿐. 그거라도 받아놓은 걸 다행이라 해야 하나? 영수증과 나를 번갈아보며 '이 여자가 무임승차인가, 뭔가 착오가 있었나?'를 스캔 중인 그. 내가 할 수 있는 건 '난 아무것도 몰라요. 기사가 주는 대로 받았어요!'라는 표정짓기와 텔레파시 발사뿐. 지금 생각해도 스스로가 너무 바보 같아서 그 시간을 다 지워버리고 싶다.

다행히 검표원과 버스 기사가 무언가 이야기를 나눴고, 기사는 다시 내게 욕을 퍼부으며 신경질적으로 47센트짜리 영수증을 뽑아 검표원에게 건넸다. 38센트짜리 영수증을 받으며 신경전이 있었던 것과 나를 구박한 것을 잊지는 않았나 보다. 그런데 이걸 고

마워해야 하는 거야? 여전히 분한데 그냥 넘어간 게 고마운 걸 보면 난 자존심도 뭐도 없나 보다. 아, 이런 내가 더 화나.

아마도 버스 기사가 검표원에게 "멍청한 것, 영수증도 잃어버리고." 한 것 같다. 아니다. 어쩌면 검표원이 "너 또 승객한테 장난했냐?" 했을지도 모른다. 아, 억울해! 왜 영수증 달란 말을 안 한 거야. 이런 기분으로 몰타를 떠나야 하나? 공항에 도착해서도 내내 기분이 울적했다. 세상에 그렇게 지루하고 재미없는 면세점 구경은 처음이었다.

# 미안하다고만

## 해줘

안나푸르나에 오르기 위해 배낭여행자가 모이는 곳. 네팔 포카라는 아름다운 호수 '페와탈'로도 유명하다. R언니와 나는 포카라에 도착해 깔끔한 호텔방부터 잡았다. 벨보이가 따라 들어와 숙소 상황을 체크하고는 다음 여정이 어떻게 되느냐고 물었다. 역시 친절한 네팔 사람이었다. 우리는 카트만두로 돌아갈 예정이었지만 교통편을 정하지는 않은 상황이었다. 포카라에서 출발하는 프로펠러 비행기에서 내려다보는 네팔의 설산이 장관이라고 들었기 때문에 비행기를 탈까도 생각 중이었다.

방을 둘러보고 짐을 정리하는 사이 그가 급히 정보를 가지고 왔다. 아침 비행기에 자리가 딱 두 개 남았다는 것이다. 아침 출발이면 시간을 효율적으로 쓰기에 좋았다. 그는 결제 금액으로 190달러(약 20만 원)를 가져갔고, 비행기표는 우리가 밥 먹으러 간 사이 안내데스크에 맡겨두겠다고 했다. 당시 포카라의 숙소비가 싸게는 우리 돈 5천 원, 비싸야 4~5만 원이었던 점을 감안하면 비행 깃값은 상당히 큰돈이었다. 그렇지만 비행기에서 내려다보는 아름다운 네팔 산맥에 기대가 컸기 때문에 그 정도 비용을 감수하기로 했다.

그런데 페와탈에서 뱃놀이를 즐기고 호텔로 돌아와 항공권을 보니 아침 비행기가 아니라 정오 비행기다. 우린 대수롭지 않게 여기고 데스크에 다시 항공권을 맡겼다.

"시간이 잘못 표기됐으니 벨보이에게 바꿔달라고 전해주세요."

이때만 해도 일이 꼬일 대로 꼬여 있다는 사실을 알 리가 없었던 터. 다음날 데스크에 확인해보니 교환은커녕 벨보이는 티켓을 가져가지도 않았단다. 오히려 왜 티켓을 찾아가지 않느냐고 우리에게 되묻는다. 벨보이를 다시 찾았다. 연락이 안 되었다. 호텔 매니저에게 그를 찾아달라고 했다. 전화를 받지 않는다. 한참 뒤 자고 있는 그와 겨우 통화를 했는데, 티켓은 환불할 수 없으며 일정 조정 시 캔슬 차지를 더 내야 한단다.

환불도 안 되는 비행기표에 캔슬 차지를 더 내야 한다는 건 뭐야? 분명 아침 비행기에 딱 두 자리가 있다고 하며 돈을 가져갔는데 이게 무슨 경우야? 매니저에게 같은 이야기를 반복해 설명했

포카라 사랑코트 전망대

고, 이 과정에서 언성이 점점 높아졌다. 호텔 데스크가 시끄러우니 손님이 들어올 리 없고, 여러 가지로 모양새가 좋지 않은 상황이 되었다. 참다못한 매니저가 벨보이로 '추정'되는 그를 오게 했다. 이제 와 생각해보니 벨보이인지 아닌지도 모를 일이다.

그는 너무도 뻔뻔했고, 자기가 버스 타고 티켓을 받아왔다며 그 비용까지 내란다. 도대체 이건 또 뭐야. 처음부터 그 비행기표는 우리가 부탁해 '버스 타고' 사온 것도 아니잖아. 곧바로 벨보이(라 생각했던 이)가 티케팅을 했다는 여행사에 전화하여 티켓의 출처를 수소문한 뒤 그를 앞세워 여행사로 갔다. 버스 타고 다녀왔다고? 150미터쯤 걸어가니 여행사가 나오는구먼.

그의 주장과 달리 항공편은 많았고, 오전 시간에 몇 좌석이 남아 있기까지 했다. 티켓을 바꾸려고 하는데 또다시 문제 발생. 자리가 남아 있는 비행기는 일종의 '완행'이다. 비행기도 완행이 있냐고? 있다. 몇 개의 정거장을 거쳐 카트만두까지 세 시간 이상이 걸리는 비행기편이었다. 결국 정오 비행기와 도착 시간이 같다.

그러면 처음부터 아침 직행 비행기가 없었냐고? 아니다. 그가 티케팅을 하려고 왔을 때 이미 매진되었거나, 처음부터 그가 말한 '우리를 위한 딱 두 자리'는 없었던 거다. 우리를 너무 물렁하게 본 것이다. '그게 그렇게 됐어.' 하면 '그래? 할 수 없지 뭐.' 할 줄 알았나 보다. 그는 수수료를 챙겼을 것이다. 항공료는 다른 어떤 비용보다 비싸다. 그만큼 수수료가 짭짤했을 것이다.

무엇보다 괘씸한 건 그의 불량한 태도였다. 자신의 이익을 위해 '딱 두 자리'라며 다른 데 정신 팔려 있는 관광객 둘을 현혹했고, 티켓이 어떻게 되었는지 책임지지 않았고, 버스를 타고 다녀왔다는 등 사소하면서 치사한 거짓말까지 했다. 이런 사실들을 하나씩 알아가는 과정에서 그는 으름장을 놓는 등 줄곧 강압적인 태도를 보였다. 여행사 직원 덕에 마음이 조금 풀리긴 했지만 결국 표는 바꾸지 못했다. 더 독하게 굴었다면 손해배상을 청구했을지도 모르지만 우리 역시 지칠 대로 지쳐 있었다.

사실 그가 사과하고 자초지종을 설명하기만 했어도 금방 포기했을 것이다. 그는 사과는커녕 여행사에 들어간 순간부터 호시탐탐 도망갈 생각만 했다. 오죽하면 그의 양팔을 하나씩 붙잡고 있어야 했을까. 결국 표도 바꾸지 못했고, 딱히 성과도 없었다. 오전 내내 알게 된 건 그가 교활하게 수수료를 챙겼다는 사실뿐. 여행사에서 나오며 그는 다시 도망가려고 했고, 우리가 그에게 마지막으로 한 말은 "사과해!"였다. 그는 "옛다, 쏘리." 하고는 쏜살같이 사라졌다. 야비한 미소는 덤이었다. 아, 사과를 받고도 놀림당한 듯한 이 기분은 뭐지? 왜 사과를 구걸한 것 같지?

오전 내내 싸우느라 기운이 다 빠진 탓에 호텔로 돌아온 즉시 방을 뺐다. 아마 그게 마지막 자존심이었나 보다. 우린 피자 한 판으로 허기진 배를 달래고 잠시 동안 멍하니 앉아 있었다. 도대체 이 일로 남은 건 뭐지?

# 적과의

# 동침

프리랜서 생활에 어느 정도 적응하면서 오랜만에 장기 여행을 계획했다. 고양이 마우를 친구에게 부탁하고 2주간 터키로 떠났다. 터키 내 방문 지역 정도만 정하고, 나머지는 이스탄불에 도착하여 생각해볼 예정이었다. 첫날엔 어김없이 길을 잃었고, 숙소에 짐을 푼 뒤에는 톱카프궁전으로 갔다. 문 닫기 전에 한 바퀴 둘러볼 요량이었다. 이때까지도 여정은 확정된 것이 하나 없었다. 단지 넴루트에 한번 가보자는 게 계획이라면 계획, 미션이라면 미션이었다. 넴루트 하나가 터키 여행 일정을 완전히 새롭게 세팅하게 되리라는 건 그때까지도 몰랐지만.

톱카프에서 멋진 일몰을 본 뒤 '나가달라'는 안내원들의 말에

쫓기듯 밖으로 나와 현지 여행사들을 염탐했다. 여행자의 거리답게 이스탄불 구시가지에는 현지 여행사들이 꽤 많았다. 터키에 살았던 선배의 조언을 따라 그리스에 잠깐 가볼까도 생각했지만, 이내 '현지에 살았던 사람'의 조언이라 내 상황과는 맞지 않는다는 것을 알았다.

그렇다면 넴루트는? 계획은 이랬다. 이스탄불에서 넴루트까지는 무척 먼 데다 가는 사람도 많지 않고 교통편 찾기도 쉽지 않다. 그러니 그쪽(동쪽)을 향해 여행하되 중간에 스팟을 몇 개 넣고, 이 과정에서 수고를 덜기 위해 교통편과 호텔 바우처를 이스탄불

여행사에서 예약하는 것이었다.

　몇 군데 여행사에 문의하니 난색을 표했다. '넴루트를 취급하긴 하지만 왜 요즘 시즌에 거길 가려고 하냐?', '거기 시리아 옆이야. 위험해!'라며 목적지를 바꾸도록 설득했다. 넴루트 쪽은 아예 취급하지 않는 여행사도 있었다. 결국은 숙소에서 저녁을 먹다가 소개받은 여행사와 의논을 했는데, 사장도 친절하고 가격도 잘 맞아 이곳과 계약했다. 나는 반시계 방향으로 여행하며 넴루트까지 가는 경로를 만들었다.

　마침내 넴루트에 도착했다. 11월 비시즌인 터키는 몇 군데 관광지를 빼고는 대체로 조용했다. 넴루트는 조용한 정도가 아니라 적막 그 자체였고, 안내받은 호텔방은 청소가 되어 있지 않아 방을 바꿔야 했다. 손님이 나밖에 없어서 아무 방이나 임시로 내준 느낌이었다. 호텔 사장은 비수기에 혼자 온, 겁 잔뜩 먹은 듯한 코리안을 한몫 단단히 벗겨먹을 생각인 것 같았다. 그는 짐도 풀기 전에 현지 여행을 마구마구 들이대기 시작했고, 나는 도착하자마자 하란행 반나절투어의 호갱님이 되었다.

　금방이라도 퍼질 것 같은 낡은 승용차를 타고 두 명의 동행자와 여행을 다녀왔다. 하란을 보고 온 것은 좋았지만 차는 내내 불안불안했고, '영어를 잘하는 능숙한 가이드'의 안내를 받을 거라고 했던, 바로 그 '능숙한' 운전기사는 운전 내내 안전벨트를 하지 않았으며, 유적지 앞 게시판을 손가락질해준 것이 전부였다. 식사

터키 넴루트의 석상들

또한 싸구려 스낵과 콜라였다.

호텔 사장은 이스탄불에서 예약할 때 냈던 보증금을 돌려주기는커녕 이미 값을 치른 넴루트 여행비를 또 받으려 했다. 겁 많은 나는 그를 직접 상대하는 것이 두려웠다. 낯선 곳, 아무도 없는 호텔, 무섭게 생긴 사장……. 피차 말이 잘 안 통하니 따지기도 쉽지 않았다. 결국 여행사에 이메일을 보내 상황을 설명하고는 돌려받아야 할 보증금이 맞는지 다시 한번 확인했다. 다행히 여행사는 대처가 빨랐고, 호텔 사장은 착오가 있었다는 듯 보증금을 돌려줬다. 진짜 착오였을까?

반나절투어 호객 행위는 그것으로 끝이 아니었다. 그는 넴루트 산의 저녁 풍경은 또 다르다며 '가이드를 준비해줄 테니 한번 더 가봐라, 평생 잊지 못할 추억이 될 거다.' 등등 감언이설을 늘어놓았다. 나 참, 하루에 같은 산을 두 번 올라갔다는 말은 들어본 적이 없다. 엄홍길 대장님도 이런 행동은 안 할 거다. 사실 내가 착해서 착한 척을 하는 게 아니라 말이 안 통해서 어설픈 건데 확 그냥! 끊임없이 내적 욕설을 퍼부었던 기억이 새록새록하다.

## 소소하지만 꿀팁

여행지에서 결정을 내릴 때는 명쾌하기 앞서 신중하자. 정신을 딴 데 팔고 있을 때는 돈 쓰는 일을 결정하면 안 된다. 지나치게 친절한 사람일수록 눈을 부릅뜨고 제대로 판단하자. 나중에 일이 생길 때를 대비해 항상 근거를 남겨야 한다. 책임져줄 사람의 연락처는 필수다. 휴대폰 카메라로 영수증이나 증빙이 될 만한 자료를 그때그때 찍어두고, 계약 대상을 반만 믿되 '너 없으면 타지에서 나 죽는다.' 정도의 신뢰를 보여 그에게 책임감을 느끼도록 하는 것도 중요하다.

# 5.

숙소,

어디까지

자 봤니?

# 결혼 없는

## 신혼여행

여행도 결국 먹고 자는 문제다. 음식 문제는 소문난 맛집, 유명음식점 등 정보가 넘쳐나니 대략 '각'이 나온다. 그렇지만 숙소는취향과 목적에 따라 선택의 폭이 다양하다. 여행 경비를 좌우하는 큰 요소이기도 하다. 숙소에 따라 전체 여행의 분위기와 동선이 달라지는 것은 말할 것도 없다. 취향이고 뭐고 몸 누일 곳만있어주기를 간절히 바라는 순간도 있긴 하지만.

난 결혼은 못해봤지만 이래봬도 신혼여행은 다녀온 사람이다. '사랑 없는 결혼'은 들어봤어도 '결혼 없는 신혼여행'이라니? 신혼여행 패키지의 광고 카피를 쓰기 위해 다녀온 출장이었다. 신혼여행 패키지가 일반 패키지와 다른 점 몇 가지도 알게 되었다. 이를

중국 윈난성 따리의 호텔

테면 밤 프로그램은 없는 편, 호텔은 최고급, 쇼핑 시간이 진지한 편……. 함께 움직이는 일정은 대개 저녁 식사로 마무리하고 신혼부부들은 일찌감치 숙소로 들어간다. 우리 상품은 와이키키 해변이 시원하게 내려다보이는 최고의 입지로 유명한 S호텔이었다.

출장자였던 나는 그로부터 300m쯤 떨어진 비즈니스호텔로 퇴근(?)을 하곤 했다. 상점을 구경하고 가벼운 음식을 파는 곳이나 뮤직바 등을 힐끗거린 뒤 호텔에 도착하면, 넓고 조용한 방이 어찌나 적막하게 느껴지던지. 그 호텔도 좋은 호텔이었는데 일행으로부터 떨어졌다는 생각이 나를 더 위축되게 했던 것 같다.

여행 전 해당 지역 역사, 출신 작가, 연관 있는 옛날 영화를 찾아보는 습관이 있는데, 출장 직전에 〈포룸 Four rooms〉이란 영화를 본 게 문제였다. 〈포룸〉은 호텔에서 일어나는 사건, 이에 대한 네 개의 이야기가 엮인 옴니버스 영화다. 그중 한 편이 커다란 침대 매트 아래서 여자 시체가 나오는 내용이었다. 서양 숙소는 조명이 어두운 편이다. 부분 조명과 침침한 방 안에 덩그러니 놓인 침대, 내 숙소가 딱 그랬다. 왜 자꾸 그 생각이 나는 건지, 조용하고 쓸데없이 넓기만 한 컴컴한 방이 싫어서 지쳐 잠들기 전까지 하와이 밤거리를 걷다 들어오곤 했다.

이후 난 더 무서운 사건을 겪었고, 한동안 트라우마에 시달려 여행도 다니지 못했다. 잠자리에서 도둑을 만난 것. 그것은 내 인생의 커다란 변곡점이 되었다.

난 2013년에 고양이 집사가 되었다. 마우와 이카. 그들이 있기에 내가 살았고, 그들이 지금 내 잠자리를 지켜주고 있다는 사실에 늘 감사한다. 그러다 보니 여행 중에는 혼자 묵는 싱글룸보다 조용하고 깨끗한 도미토리룸이 더 안정적으로 느껴진다. 진상 투숙객의 경험치 또한 차곡차곡 쌓인다는 점이 이 징글징글한, 그러나 끊어내지 못하는 여행 중독의 부작용일 뿐.

애들아,

작작 좀 하자!

여러 이유로, 내 여행 일정에 게스트하우스를 포함시키는 게 당연한 것인지도 모르겠다. 비용이 저렴한 데다 여행 정보도 얻고 여행 친구도 만날 수 있기 때문이다.

게스트하우스 이용자들은 대부분 기대하는 것이 비슷하다. 이들은 어느 정도 불편함은 감수하겠다는 자세, 혹은 다른 사람에게 적어도 불편은 끼치지 않겠다는 기본적인 에티켓을 장착한다. 그래서인지 금세 공감대가 이루어진다.

간단한 아침 식사를 제공하는 곳에서는 아침 시간에 모든 투숙객이 모인다. 이때 행선지가 같아 동행할 친구를 만날 수도 있고, 지역의 일일투어 정보를 셰어할 수도 있다. 여행 중 친구를 사귀었다면 80%는 숙소에서 만난 친구다. 의사 소통을 걱정할 필요도 없다. 유창한 영어를 구사하는 친구도 있지만 대부분 세계 각국에서 모여든, 딱 나 같은 친구들이다. 할말도 뻔하다. 지도 한 장만 있으면 손가락이 언어를 대신하기도 한다(지역마다 게스트하우스 분위기가 조금씩 다르다는 점을 밝혀둔다. 사람이 다르니 당연한 것).

게스트하우스 주인장들은 그 지역 여행 전문가나 마찬가지다. 이들은 때때로 여행사가 제공할 수 없는 매우 실질적이고 유용한 정보를 준다. 물론 '다 장사에 필요해서' 하는 것일 수도, 나름 '커넥션'이 있을 수도 있다. 그런 것까지 따지지는 말기로 하고, 어쨌거나 적어도 호텔보다는 선택의 폭이 넓다. 물어보고 대답하는 시간도 즐거워서 난 주로 이렇게 물어본다.

— 이 동네 음식점 중 당신 단골집이 어디야?(현지인 맛집을 알고 싶을 때 유용하다.)
— 투숙객 중에 ○○투어(지역 일일투어) 하는 사람 있어?(동행자를 찾기도 하고, 뜻밖의 정보, 이를테면 '거기 갈 때 이렇게 하면 좋아.' 같은 꿀팁을 얻기도 한다.)
— 들어올 때 택시비를 ○○○(얼마) 줬는데 좀 비쌌던 것 같아. 갈 때 도와줄 수 있어?
— ○○○ 보러 가려는데 언제 가는 게 좋아? 아침, 저녁?
— ○○○은 어떻게 갈 수 있어? 거기 가면 뭐 먹는 게 좋아?

물론 가이드북과 앱이 있다. 그렇지만 사람들과 이야기를 나누다 보면 그 이상의 대박 정보가 뚝 떨어지기도 하고, 게스트하우스 주인과 친해지고 나면 생각지 못한 여러 서비스가 따라오기도 한다. 의외로 '나도 다 알아보고 왔거든. 안 속아!' 하는 태도의 여행자를 많이 본다. 우린 어차피 그곳에 대해 미숙하다. '잘 모르지만 알고 싶고 너희 나라에 대해 관심이 많다.'라는 태도와 들으려는 자세를 가지고 있으면 정말 예쁨받는 게스트가 될 수 있다.

안타깝게도 게스트하우스 진상 손님이 한국인이었던 경우가 있다. 아마도 같은 나라 사람이기에 말소리가 더 잘 들리고, 비언어적인 행동을 이해할 수 있기 때문에 더 유난스럽게 보였는지도 모르겠다.

후쿠오카 도미토리에서 있었던 일이다. 일본의 게스트하우스는 다른 지역 게스트하우스에 비해 조용하고 깨끗한 편이다. 어렸을 때부터 언론이나 여러 선생님들을 통해 들어온 탓인지, '일본인은 깔끔하다.'라는 '일반적인' 그들의 장점이 숙소에도 드러난다고 생각했다. 그런 인식인지 선입견인지 모를 이유로 일본 여행을 할 때는 별 걱정 없이 게스트하우스를 고르곤 했다.

후쿠오카의 도미토리도 체크인할 때는 참 좋았다. 그런데 여행을 마치고 저녁에 들어오니 숙소 커뮤니티룸은 낮에 보았을 때와 분위기가 완전히 달랐다. 보통 커뮤니티룸에서 식사도 하고 대화도 하지만 이렇게 시끄러운 게스트하우스라니.

동그랗게 모여 앉아 있던 이들은 선박의 특가 이벤트 기회를 잡아 이곳에 온 한국인 여행자들로, 오랜 친구인 듯 술잔을 기울이며 수다 삼매경에 빠져 있었다. 이들이 맥주 한 캔을 사 들고 들어온 나를 자신들의 자리에 초대했다. 적어도 초등학교 동창생들처럼 보이는 이들은 주위를 의식하지 않고 각기 자유롭게 떠들고 마셨다.

얼마 지나지 않아 놀라운 사실을 알았다. 이들은 동창도 친구도 아닌 '처음 만난 사이'였다. 서먹함이라곤 찾아볼 수 없었던 이들은 시끄러운 선술집에서나 들을 법한 엄청 높은 데시벨의 동향 말씨를 시전 중이었다. 언제 왔냐, 어디서 왔냐, 혼자 왔냐, 언제 가냐…… 같은 지극히 의례적인 대화가 오갔다. 대부분 다음날 배로 돌아가는 짧은 여행자들이었다.

맥주 한 캔 주량을 채운 나는 배터리 충전이 급해 방으로 들어왔다. 도미토리룸 안에는 외국인들이 각자 침대에서 휴식하고 있었다. '흠. 외국인들은 커뮤니티룸을 안 좋아하나 보네.' 이런 생각을 하며 강렬했던 커뮤니티룸의 첫날 밤을 마감했다.

다음날, 유후인 취재를 마친 뒤 전날처럼 맥주 한 캔을 사들고 커뮤니티룸에 도착했다. 조용한 커뮤니티룸, 원래 내가 알던 일본 게스트하우스의 모습이다. 그리고 마치 태어날 때부터 사람 모이는 곳을 싫어하는 것처럼 보였던 어제의 침대 지킴이들이 커뮤니티룸에 나와 있었다. 그들은 편의점에서 사온 도시락도 데워 먹

후쿠오카 게스트하우스 커뮤니티룸

고, 다음날 돌아간다는 여행자는 이곳에서 알게 된 잔류 여행자에게 간식을 나눠주기도 했다. 여행지에 먼저 다녀온 이들은 가는 법을 알려주기도 하고, 서로 유용한 참고 사이트를 공유하기도 했다. 그들은 조용조용 화기애애했다. 하! 이런, 굳이 설명하지 않아도 뻔히 보이는 상황이다. 어제 그들은 시끄러운 한국 여행자들을 피해 방 안에 있었던 거다. '그래, 문화가 다르고 사람들이 다르니까……'라고 어제의 동족을 감싸고 싶은 마음 가득하지만 저기, 다음에 올 때는 제발 에티켓 좀 지켜줄래요? 남아 있는 내가 얼굴이 화끈거려서.

언젠가 미얀마에서 숙소를 정하려고 장기 여행 중인 이에게 숙소 평판을 물었던 기억이 떠올랐다. '여긴 어때? 저긴 어때?' 식의 질문과 답이었다. "○○는 어때?"라고 물었을 때 "거긴 지금 정말 안 좋아."라며 절대 가지 말라고 했다. 이유를 물으니 "거기 지금 이스라엘 사람들이 잔뜩 묵고 있어. 엄청 시끄러워. 걔네 엄청 몰려다니잖아."라는 답이 돌아왔다.

그 말을 듣고 또다른 기억이 소환되었다.

네팔에서 만났던 이스라엘 여행자는 한 무리의 친구들과 어울리고 있었다. 술을 엄청 마시고 큰 소리로 떠들던 그 친구는, 우리보다 먼저 포카라에 다녀왔기에 좋은 정보를 공유해주었다. 함께 있는 이들은 친구들이냐고 물었더니 "아니, 여기서 만났어!" 하던 기억. 여행지에서 동향 사람을 만나고 엄청 떠든다? 이거 너무 비슷하잖아. 그래서? 뒷말은 생략한다. 시끄러움, 무리지음이라는 폭력으로 다른 이들에게 피해 주지 않길 바랄 뿐.


한편 호텔이나 리조트는 편안하고, 개인적이고, 때에 따라 꼭 머물고 싶어지는 숙소이다. 이런 숙소를 이용하게 되면 여행 경비가 훌쩍 올라간다. 그렇지! 그만큼의 비용을 썼으니 누리고 즐김이 마땅하다. 좋은 호텔 예약해놓고는 새벽까지 타국의 길거리를 헤매다 술이 떡이 되어 들어와 샤워할 시간도 없이 아침 일찍 체크아웃하는 거, 좀 아깝지 않나?

호텔은 다른 사람의 방해를 받지 않고 일상으로부터 잠시 떨어짐을 충분히 즐기기에 좋다. 호텔을 나가는 순간 또다시 전쟁 같은 일정이 시작된다 할지라도 체크아웃 전까지는 호캉스 모드 on이다. 태닝하고 싶어지는 한가한 풀이 있는지, 저녁 식사와 함께 볼 만한 것도 있는지, 아침에 조깅할 만한 산책로가 있는지, 마사지 서비스가 있는지, 창가 전망이 아름다운지 등등 내 상황, 내 취향에 따라 골라가면 될 일이다.

호텔에서는 세상 검손하다가 게스트하우스나 도미토리 가서 고매함을 자랑하는 투숙객들이 있는데 이건 완전 모순이다. 여행 경비를 아끼고 조금 자유로운 대신 불편함을 감수할 생각이라면 깔끔하고 저렴한 숙소로 가고, 일상 탈출과 휴식이 목적이라면 호텔 서비스를 양껏 받으며 호사스럽게 즐기면 된다. 어차피 선택과 이에 따른 비용은 각자의 몫이다. 그러니 '호텔 싸게 이용하는 법' 같은 이야기는 하지 않겠다. 싼 데는 다 싼 이유가 있으니.

# 물 위의

## 하룻밤

일정을 짤 때 좋은 숙소를 후반부로 배치하는 것은 괜찮은 요령이다. 내 경우, 여행지에 도착해서는 각오가 꽤 비장하다. 체력도 좋은 상태고, 앞으로 펼쳐질 모험에 대한 기대가 한가득이니. 긍정적인 마인드는 말할 것도 없다. 당연히 숙소의 안락함과 불편함의 정도는 별 관심사가 아니다.

그러나 후반으로 가면 달라진다. 점차 여행지에 익숙해지고, 문화 충격과 매일 발생하는 크고 작은 문제로 스트레스가 조금씩 쌓인다. 몸도 슬슬 지쳐가고, 내 방 침대가 문득 그립기도 하다. 고양이가 몹시 보고 싶어지는 것은 말할 것도 없다. 바로 이때 쾌적하고 편안한 호텔에 가면 그동안의 피곤이 보상받는 느낌이다.

미얀마 수상호텔

특히 가족여행에서는 이 '원칙'이 제대로 효과를 발휘한다. '끝이 좋으면 다 좋은 거'라는 말이 딱 이 경우다. 오페라의 피날레를 생각하면 된다. 공연 내내 졸다가도 마지막에 웅장한 3단 고음의 합창소리가 들리면 벌떡 일어나 기립박수 치는, 이를테면 그런 거다. 회사 다니면서 여행 떠나는 사람들은 살림이 뻔하다. 팍팍하다. 그럼에도 여행에서 한 번쯤 사치(?)를 누리고 싶다면 이 방법을 권한다.

미얀마 가족여행에서도 이 방법은 제대로 먹혔다. 마지막날 인레호수 수상호텔에 체크인했을 때 부모님이 보인 반응은 상상 이상이었다. 뿌듯함은 기획자 몫.

이집트 나일강 크루즈도 기억에 남는다. 이 크루즈는 아스완에서 출발하여 룩소르까지 나일강을 따라 올라가는데, 이집트 여행자에게 인기가 많다. 2~3일 밤 정도를 배에서 머물렀는데, 실제 움직이는 거리는 그리 길지 않았다. 배는 보통 낮에 정박하고 저녁에 천천히 수로를 따라 올라간다. 승객들은 배가 서 있는 동안 주변 관광지를 둘러보기도 하고, 배 위에서 태닝을 하기도 한다. 바다를 항해하는 크루즈와 비교하자면 지루함이 덜하다.

저녁 식사를 시작으로 배가 움직이기 시작한 날, 식당의 커튼이 일제히 젖혀지며 창문 밖으로 조명을 밝힌 코옴보 신전이 보였다. '정말 나일강에 왔구나!' 하는 감회가 피부에 와닿는 순간이었다.

뭐니 뭐니 해도 나일강 크루즈의 압권은 '석양'이다. 오후 늦게 크루즈 데크에서는 티타임이 열리고, 사람들은 차 한 잔과 작은 케이크 한 조각을 들고 테이블 위에 삼삼오오 모여 앉는다. 이제 나일강 너머로 해가 지기 시작한다. 조용한 바람과 붉게 물들어 오는 나일강을 나일강 위에서 바라보는 운치는 지금 생각해도 가슴이 뛴다.

체력에 자신 있다면 펠루카(이집트 전통 방식의 돛단배)를 타고 이동하는 것도 좋다. 바람과 돛만 이용해 움직이는 펠루카에는 침실이나 화장실이 없다. 이게 원래 모습의 펠루카이다. 혹시 침실과 화장실이 딸린 펠루카를 탔다면 그건 개량화된 펠루카이다. 한국

크루즈에서 바라본 나일강의 석양

나일강 크루즈

여행자들 사이에는 30분~1시간 정도의 체험 코스가 알려져 있지만 유럽 친구들은 이 배에서 몇날 며칠 광란(?)의 파티를 즐기는 걸 본 적 있다. 물론, 다량의 알코올이 그들을 돕는다.

# 낭만

## 복불복

'철덕(철도 덕후)'이라는 말이 있을 정도로 철도의 낭만은 역사가 깊다. 교향곡 〈신세계로부터〉를 작곡한 드보르작은 대표적인 철도 덕후로, 강의 중에 열차 소리를 듣고 밖으로 나갔다는 전설(?)이 있다. 침대기차는 추리물의 배경이 되는가 하면, 낭만적인 여행의 한 장면을 연출하기도 한다. 내가 침대기차를 타게 된 것은 지극히 현실적인 이유에서였지만.

당시 상해에 살고 있는 몽이언니와 함께 황산에 가기로 했는데, 버스 일정이 맞지 않아 시간도 더 걸리고 가격도 비싼 침대기차를 이용하게 되었다. 3층 침대가 두 개, 총 여섯 개의 침대가 한 칸을 이루고 있었다. 이때 일행을 잘 만나야 하는데, 우리는 부녀자들

황산 가는 침대기차 안에서

이 모인 조용한 객차를 배정받았다. 그때는 천만다행이라고 생각했는데 지금 생각해보니 알아서 그렇게 배차를 해주는 게 아닌가 싶다. 여섯 개 침대 중 우리 자리는 나란히 1층이었고, 2층에 한 분의 아주머니가 계신 것이 다였다. 저녁 어스름에 기차를 타고 달려가는 14시간의 여행……. 대충 끼니를 때우고 잘 준비를 마친 뒤 우리는 수다 삼매경에 돌입했다.

2층 아주머니는 침대로 올라가지 않고 창가에 앉았다. 잠시 생각에 잠긴 듯했다. 50대 초반쯤의, 자그마한 체구와 갸름한 얼굴이 조용하고 지적으로 보이는 아주머니였다. 우리는 '저렇게 고운 아주머니와 룸메이트라니!' 하면서 그분은 알아듣지 못할 한국말 대화로 우리의 '운 좋음'을 축하했다. 창가 쪽으로 가 사진을 찍는 척하며 슬쩍 그 아주머니를 한 프레임에 담아 넣기도 했다. 이제

잠자리에 들려는지 아주머니가 2층으로 올라가기 위해 신발을 벗는 순간!! 아, 우린 숨을 멈춰야만 했다. 그러고도 한참 동안 호흡 조절이 필요했다. 후각이 마비되기까지 어찌나 오랜 시간이 걸리던지.

밤이 왔다. 침대마다 무심히 올려져 있던 담요는 심하게 꾀죄죄해 처음부터 발치로 밀어놓았고, 초경량 패딩과 바람막이 점퍼를 꺼내 입고 수면양말까지 신었다. 어느덧 기차의 흔들림에 익숙해지자 리듬에 맞춰 잠이 솔솔 오기 시작했다. 그런데 문제가 생겼다. 달리는 기차 안은 밤이 깊을수록 너무나 추웠다. 잠들면 얼어죽을 것만 같은, 뼛속까지 쏙쏙 들어오는 추위. 나도 모르게, 300년은 안 빨았을 것 같은 꼬질한 담요를 목까지 덮고 깊은 잠으로 빠져들었다. 그 담요가 없었으면 이후 어떻게 되었을지 모를 일이다. 다음날 아침, 물티슈로 고양이 세수를 하고, 적당히 초췌한 모습으로 황산에 올랐다. 희한하다. 집에서는 불면증에 시달리는데 여행지에서는 잘도 잔다.

중요한 건 옷에 T.P.O.가 있듯이 숙소마다 취해야 할 자세가 따로 있다는 사실. 호텔이든 게스트하우스든 배든 기차든 그 상황을 긍정적으로 즐길 수만 있다면 어디서나 행복할 것이다. 이곳과 저곳을 비교하거나 지금 이곳에서 과거의 어떤 곳을 추억할 필요가 없다. 언제나 지금이 최상이고 이곳에서 재미있는 게 반드시 있다. 다만 내가 행복한 만큼 다른 여행자들도 그러길 바랄 뿐.

# 6.

결 국

삼 시 세 끼

# 네팔을

## 체화하다

아침 7시 인천공항 도착. 곧바로 출근할 예정이었는데 도저히 그냥 회사로 갈 수가 없다. 냄새, 한국에 도착해서도 가시질 않는다. 그저 옷에 밴 냄새가 아니다. 이미 네팔을 떠나왔는데 왜 이러지? 어이쿠! 며칠 있었다고 이렇게 냄새까지? 적응력 너무 좋은 거 아냐?

한국 사람은 김치 냄새가 나고 서양 사람은 치즈 냄새가 난다더니, 네팔 다녀온 나한테서 버펄로 냄새와 커리 향이 마구마구 뿜어져 나오고 있다. 샤워로 해결될 문제는 아니지만 일단 집으로 갔다. 음식의 힘이란 실로 대단하다. 음식을 먹음으로써 그 나라 것이 온전히 내 몸을 관통하게 되니, 말 그대로 '체화'다.

　사실 네팔은 출발 전부터 음식에 대한 기대가 컸다. 일단은 커리! 인스턴트 커리는 영국에서 만들었고 인도가 식민지였다는 이유로 오리지널이 인도라 알려졌지만, 네팔도 정통성을 주장할 만하다. 나는 커리를 기본으로 밥을 '바트', 반찬을 '타르카리', 콩수프를 '달'이라 하는, 이름도 예쁜 네팔식 백반이 궁금했다. 네팔은 티베트쪽 음식도 발달해 있어서 '텐툭'은 우리네 수제비와 비슷하고, '모모'는 만두와 완전히 똑같이 생겼다. 나는 첫날부터 네팔음식에 푹 빠졌다. 끼니마다 맛보는 재미가 썩 좋았다.

　같은 커리 백반(?)이라도 사용한 고기에 따라 메뉴가 나뉘는 집이 많다. 커리에 쓰이는 고기는 닭, 소, 돼지, 양, 물소(버펄로) 등인데, 국민의 80% 이상이 힌두교도인 나라에서 소고기 요리는 거의 찾아보기 어렵다. 혹 있다 하더라도 신선도가 의심된다. 그래서인지 버펄로가 대중적이다.

박타푸르의 대표 음식은 그 지역 특산물인 도기에 부어 만드는 버펄로젖 요거트. 커리뿐 아니라 모모, 텐툭에도 많이 넣어 먹는다. 버펄로 고기는 특유의 향이 있다. 약간 시큼하고 누린내가 난다. 새 음식에 도전하기를 좋아하는 내게 버펄로 고기는 처음부터 호기심의 대상이었다. 실제로 네팔에서 매일 한 끼 이상은 버펄로 고기가 들어 있는 음식을 먹었다. 그러니 버펄로 냄새와 내가 하나 되는 건 이상할 게 없었다.

박타푸르에서 발견한 모모집은 우리네 옛날 만둣집과 똑같았다. 김을 푹푹 올리는 입구의 커다란 찜솥에는 둥근 버펄로 고기 모모가 줄맞춰 예쁘게 올려져 있었다. 실내에는 현지인들이 바글바글 모여 앉아 있었는데 이런 곳을 그냥 지나치기는 쉽지 않다. 빈자리가 나면 들어가 앉으면 되는 '테이블 공유' 시스템이다.

동네 사람들 사이에 끼여 앉아 한 접시를 주문하니 주인장 아들이 조심조심 찐 모모를 가져왔다. 현지인들에게는 물어볼 필요 없이 커리 소스를 끼얹어주는데, 여행자에 대한 배려인지 우리에게는 소스를 따로 서빙해주었다. 현지인들은 저마다 자기 접시 앞에서 먹기에 열중하는 것 같지만 옆눈으로, 곁눈으로, 혹은 대놓고 우리를 의식하고들 있었다. '여행자를 대상으로 한 고급 음식

네팔 사람들의 주식인 커리와 달, 바트

버펄로젖 요거트

점이 문밖에 널렸는데 쟤네 이거 잘 먹을 수 있을까?' 하는 눈빛이었던 것 같기도. 테이블 위 커다란 스테인리스 저그 안에는 물이 가득 담겨 있었다. 저건 뭐지? 주전자라고 하기엔 모양이 그게 아니고, 컵이라고 하기엔 너무 크고, 물이 가득 담겼으니 손이라도 적시라는 이야긴가? 궁금증은 얼마 가지 않았다. 모모를 먹다가 목이 마르면 사용하는 공용 물컵이다. 물컵이 공용이니 테이블이 공용인 건 당연지사. 하하! 깔끔을 떨기엔 너무 많이 왔다.

사람들의 눈빛은 호의적이었다. 이방인을 예쁘게 봐줬고, 배려해주었다. 분위기가 너무나 따뜻해서 아빠 일을 돕는 웨이터 소년과 사진 한 장을 남기기도 했다.

한편 네팔에도 스테이크집이 있다. 진짜 소고기로 만든 스테이크다! 이건 나 혼자만의 해석인데 아마도 일찍부터 각지에서 등반가들이 네팔로 모여들었기 때문에 생겨난 것이 아닌가 싶다. 등반가들은 등반 전후로 포식을 한다고 들었다. 고열량 단백질 공급과 맛에 대한 만족감에 소고기만한 것이 있을까? 이유야 어쨌든 네팔의 착한 물가 덕분에 훌륭한 스테이크를 우리 돈 만 원도 안 되는 가격에 배불리 먹을 수 있었다. 포카라에서는 곁들인 맥주 한 병 가격이 스테이크 값보다 비싸서 픽! 웃음이 나기도.

# 내 눈을

## 바라봐

 

독일 여행은 참 좋았다. 학창 시절로 돌아간 느낌이었다. 3주 정도 독일 여행을 하는 동안 프랑크푸르트에 사는 사촌동생이 많이 도와주었다. 사실 방만 내줘도 충분한데, 언젠가 그녀가 한국에 왔을 때 며칠 여행을 도와준 것을 큰 신세라 여겼나 보다.

보수적인 완벽주의자였던 동생은 이 기회에 나에게 유럽의 여러 문화를 알려주고 싶어했다. 하여 이 여행은 배움(?)의 연속이었다.

닷새는 동생도 여름 휴가를 내어 함께 피렌체에 다녀왔다. 우린 피렌체 중심가에서 조금 떨어진 한적한 시골에 숙소를 잡고 정말 아름다운 휴가를 보냈다. 클래식 음악을 하는 동생은 미각도 뛰어나 좋은 식재료와 음식을 많이 소개해주었다.

한번은 풀코스 정찬을 먹으며 내게 서양 식사 예절을 알려주었다. 지금 생각해보면 여행 3주차에 프랑크푸르트에서 동료 오케스트라 연주자, 유명 지휘자와 함께 저녁 식사를 했는데, 그때 내가 무슨 실수라도 할까 봐 미리 점검하고 연습을 시킨 게 아닌가싶다. 하하!

피렌체에서 먹은 정찬은 배가 터질 것 같았다. 애피타이저 이후 파스타, 메인 요리인 스테이크, 후식과 술, 거기에 식사 내내 테이블 위에 있었던 한 바구니의 빵이 동생의 지휘 하에 식도를 통과했다. 보통은 파스타에 샐러드만 먹어도 속이 부대끼는데 스테이크와 후식까지 양도 그득그득했다. 생각하면 코미디 같은 상황이다. 게다가 그때 나는 식이요법으로 위를 잔뜩 줄여놓은 상태였다. 밥 세 숟가락이 미덕이었던 나에게 그 많은 걸 다 먹이다니!

동생과 난 서로 다른 환경에서 자라 서로를 볼 시간이 거의 없었고 당연히 서로에 대한 경험치도 없었다. 그렇기 때문에 때로 조금씩 삐걱거리기도 했지만 '가족'이라는 집단의 힘으로 우린 그런대로 잘 지냈다.

독일에서 나고 자란 데다 몇 번 안 되는 한국 방문 때도 할머니와 같이 지냈던 동생은 이따금 어디서 듣도 보도 못한 100년 전 한국어를 구사해서 나를 당황하게 했고, '빤쓰', '사라다' 같은 말이 원래 영어라고 알려주면 눈을 동그랗게 뜨고 도저히 믿기지 않는다는 표정을 짓기도 했다. 전 세계를 누비는 오케스트라 연

주자들이 몰래 찾아와 레슨을 받을 만큼 멋진 동생이지만 그녀의 한국어는 전근대에 머물러 있었고, 이것은 종종 우리에게 활력소이자 웃음약이 되어주었다.

어쨌든 유럽의 정찬 자리에서 언니가 실수할까 봐 걱정하는 동생 마음은 귀엽기도 했지만, 그때부터 여행 내내 체기가 내려가질 않았던 것도 사실.

와중에 재미있는 독일인들의 말 하나는 남았다. '건배할 때 눈 안 마주치면 7년간 연애 못한다.' 즉 눈을 똑바로 그윽~하게 바라보며 건배하라는 말이다.

보수적인 기독교 집안의 재미없는 분위기에서 자란 덕에 나는 딱히 술을 배울 기회가 없었다. 좋아하지도 않는 술을 상사가 들이밀 때면 어쩌나 불편하던지 고개를 꾸벅 숙이고 인사하듯 받곤 했다. 1대1 건배는 절대 피했는데, 술에 취한 상사가 소주잔을 들이대면 난감하다기보다는 화가 치밀어올랐다. 그럴 때면 '굳이 날 멕이겠다면 먹어주마.' 하는 심정으로 소주를 털어넣고는 다음날 출근을 하지 않았다. '당신이 멕여서 내가 죽었어.'라는 메시지랄까? 무슨 사회생활을 그리 반항적으로 했는지……. 어른 앞에서 몸을 돌려 술을 마시지도 않았으니 나도 참 내일 없는 직장인이었구나.

여행에서는, 여행지에서 만나는 사람들과는 그런 반항이 필요 없었다. 그래서인지 독일 사람들의 '눈 마주치며 건배' 분위기는 상당히 마음에 들었다. 잘하면 없던 로맨스도 만들어질 것 같은 꽤 반짝거리는 순간들이었다.

어쨌든 덕분에 세계적인 아티스트들과의 식사 자리에 초대받았으니 동생아, 너의 숨막히는 특훈을 용서하마.

# 여기서 비둘기는

# 먹는 겁니다

헛! '비둘기 프라이드'가 이집트에 진짜 있다! 게다가 여기선 고급 음식이다. 한국에서 치킨도 잘 먹지 않는데 비둘기라고? 길에서 비둘기를 만나면 한참 기다리거나 돌아가는 나다. 새가 싫고, 비둘기는 더더욱 싫다. 여행 중에는 현지 음식에 관심을 갖지만 비둘기 먹을 용기는 나지 않았다.

나를 비둘기 접시 앞으로 데려간 이들은 룩소르에서 만난 중국인 친구들이었다. 이 '대륙의 아이들'은 인터넷에서 소문난 맛집을 곱게 프린트해 왔다. 우린 시장 2층에 있는 식당을 찾아갔다. 나는 가장 서민적이면서 일반적인 음식인 코샤리를 주문했다. 코샤리는 마카로니 위에 양파튀김과 토마토소스를 올려주는 한 그릇

음식으로 면을 사랑하는 나에겐 딱 좋은 메뉴였다. 내가 코샤리를 주문하자 중국인 친구들은 '그게 다야?' 하는 표정을 지었다. 그들은 서너 가지 음식을 줄줄이 주문하며 비둘기 구이도 빼놓지 않았다. 나 또한 '이렇게 많이?' 하는 표정. 역시 식의주食衣住의 나라, 스케일이 다르군. 내 표정에서 마음을 읽었는지 "다 먹을 생각이라기보다 궁금해서 한번 맛보는 거야."라며 재차 강조한다. 한창 예쁘고 싶은, 귀여운 여학생들이다.

어쨌든 별로 궁금하지 않았지만 바로 그 '비둘기 구이'를 맛보기까지 했다. 음……. 닭고기와 비슷한데 고기가 조금 더 기름지다. 느끼하다기보다 부드럽다. 크기도 길가에서 보던 그런 비둘기는 아닌 것 같다. 참새인가 싶게 작다. 이런 맛이라면 예전에 어떤 시트콤에 나왔던 것처럼 '양념 프라이드 치킨'을 만들어 팔아도 믿겠다. 이집트 요리에 들어가는 비둘기는 길비둘기가 아니다. 식용으로 키우는 것이 따로 있다고 한다. 그래, '닭둘기'에게서 이런 육질이 나올 것 같긴 않아.

사실 이집트, 요르단 여행에서 내가 열광했던 음식은 후무스이다. 만수르 아내의 미용식으로도 이름난 후무스는 중동의 고추장, 된장 같은 거다. 병아리콩을 삶아서 올리브오일, 마늘 등을 섞어 만드는 페이스트로 어느 상에나 후무스가 함께 나왔다. 요르단 암만의 작은 레스토랑에서 후무스, 에이쉬, 필라프를 먹은 것이 그 여행의 마지막 끼니였다. 중동 지역의 빵인 에이쉬에 필라

이 중에 비둘기가 있다.

요르단의 국민 음식인 후무스와 에이쉬 빵

프를 넣고, 후무스를 바르고, 고수도 살짝 곁들여 샌드위치처럼 돌돌 말아 먹었던 마지막 점심! 여행의 여운만큼 맛의 추억도 함께 이어졌다.

어느 날 이태원에서 이 음식을 발견하고 반가운 마음에 사왔는데 가격이 열 배쯤 되었던 것 같다. 우리 떡볶이, 김밥이 외국에서는 엄청 비싼 거, 그런 거다. 집에 가져와 냉장고에 넣어두고 오래 먹고 싶었지만 금방 상하는 음식이라 다음날로 빠이빠이.

독일 여행 때 후무스 만드는 법을 배워오기도 했고, 지금은 서울에도 후무스 음식점이 많이 생겼지만 현지 맛이랑 같을 리 만무하다. 그러니 여행 중에 현지 음식은 열심히 먹어두는 게 상책이다. 그날의 공기와 기분과 사람들의 소리를 함께 먹는 것이니.

성패는

마음먹기 나름

여행 중 삼시 세끼는 즐거움이자 어려움이다. 패키지여행 프로그램에 뷔페식당이 많은 이유는 피차 가장 편한 방법이기 때문이다. 직접 주문할 때면 모르는 나라의 모르는 음식이, 모르는 언어로 쓰여 있으니 말 그대로 혼란의 도가니다. 가끔 야심차게 주문한 음식이 실패하면 더 예민해지고, 운이 나쁘면 탈이 나기도 한다. 몰타의 마샤슬록에서 먹은 음식은 "어?"로 시작해 "아!"로 끝났다.

별다른 계획이 없었던 몰타에서 별 생각 없이 일요일을 맞았는데 숙소 주인 아주머니가 일요일에 여는 피시 마켓Fish Market 마샤슬록을 강추했다. 숙소에서 만난 마음 맞는 사람들과 마샤슬록

몰타 마샤슬록 피시 마켓의 해안 풍경

에 가기로 했다. 버스 정류장에서 한참을 기다려도 버스가 오지 않더니, 한참 만에 온 버스는 서지도 않고 휑하니 지나쳤다(앞서도 몰타 버스기사들의 '자율성'을 말한 바 있다). 이 상황에서 기분이 상한 몇은 다른 일정을 택했고, 결국 매트라는 친구와 나, 둘이 가게 되었다.

마샤슬록은 소문대로 현지인과 여행자들이 몰려 꽤 복잡했다. 물 위에는 스페인풍 배가 한가롭게 떠 있고, 커다란 몰타 국기도 분위기를 꽤 살린다. 피시 마켓이라더니 별것 다 판다. 우리는 당장 필요한 물건과 작은 기념품을 사며 시간 가는 줄 모르고 시장 구경을 했다. 길거리 음식인 이마레트를 하나 사서 둘이 나눠 먹는 알뜰 신공을 발휘하기도. 이마레트는 너츠를 갈아 꿀에 섞어 속으로 꽉 채운 빵이다. 몰타의 간식은 대체로 무척 달다. 아오, 달다. 반 개 먹기도 힘들다. 어서 밥 먹으러 가자, 매트!

매트와 나는 현지식을 먹어보기로 했다. 사람이 많은 레스토랑이 두어 개 보였다. 레스토랑 안은 기대와 달리 더웠다. 에어컨을 켜지 않는 매우 친환경적(?)인 레스토랑이었는데, 사람들 모두 차분히 음식을 기다리고 있었다. 인기 레스토랑이 아니라 느린 레스토랑인가? 어쨌든 종업원에게 추천 음식을 물어보고 나름 신중한 결정을 했다.

일단 바게트 몇 조각에 채소가 한 접시 나오더니 드디어 등장한 메인 요리! 아, 가자미 튀김이 덩그러니. 이거 젓가락으로 발라 먹어야 하는데? 여기식 연장은 나이프와 포크다. 어색하지만 포 뜨기를 시작한다. 지금은 식성이 단순해졌지만 그때는 생선만 먹는 것이 어색했다. 게다가 터키의 고등어 케밥을 먹어보기 전이다. 지금 생각해보면 바게트와 가자미는 양반인데 그땐 참 어색했다. 빵과 가자미의 조합이라니. 어쨌든 열심히 현지 적응 중…… 뭔가 이상하다. 가운데로 갈수록 생선살이 두툼한데 벌건 피가 죽죽 배어나온다. 아……. 생선도 미디엄 웰던인가? 생선은 비린 것이 미덕이라지만 비린 피까지 더해지니 한 접시 클리어는 영 어려워졌다. 현지 적응은 한 번에 되는 게 아니구나.

미안마 가족여행은 음식 면에서도 성공적이었다. 주식도 우리

미얀마 포시스터즈 식당의 음식은 소박하지만 입맛에 맞았다.

선혈이 낭자했던 몰타의 가자미 스테이크

와 같은 쌀이고, 맛도 우리나라와 비슷하다. 미얀마 정식은 우리네 백반과 같은 구성이다. 밥, 반찬, 국에 간도 우리와 비슷하다. 삭힌 죽순처럼 내공이 필요한 현지 반찬도 있지만 대체로 괜찮다.

   가장 비슷하다고 느낀 것은 샨족의 상차림이었다. 샨족은 미얀마 소수 민족 중 인레호수 지역에서 만날 수 있는 고산족인데, 그들의 밥과 반찬은 먹기 편안하고 맛이 있다. 인레호수 근처의 포시스터즈Four Sisters 레스토랑은 이전에 혼자 왔을 때 인상적이어서 다시 일정에 넣었던 곳이다. 역시 내 촉이 맞았는지 부모님은 모든 일정 중 가장 맛있게, 많이 드셨다. 치킨커리, 국, 감자볶음, 토마토 무침 등 부드럽고 간이 세지 않은 음식들이 더위에 지친 우리에게 활력을 주었다.

메뉴 고르기가 애매하면 나는 국수를 고른다.

미얀마의 경우는 샨누들이었다. 이것은 인레호수 쪽에서 흔히 맛볼 수 있다. 국물 맛이 깔끔하면서 약간 칼칼하다. 고명으로 땅콩이 올라간다.

동남아를 여행할 때는 볶음국수가 만만하다. 태국 팟타이나 중국 차오미펀처럼 어딜 가나 쉽게 먹을 수 있고, 가격도 싸다. 국물이 있는 국수는 볶음국수에 비해 실패 확률이 높은 편이다. 육수가 무엇인지, 무엇으로 향을 냈는지에 따라 내 입맛과 맞지 않으면 거부감이 생길 수 있다. 볶음국수는 기름으로 속여주는 부분이 있다. 지우개도 튀기면 맛있다고 하지 않는가? 볶음국수가 그런 효과다. 나는 볶음국수에 맥주를 곁들이는 걸 좋아하는데 음식값이 저렴한 동남아 여행에서는 맥줏값이 밥값보다 더 비쌀 때가 있다. 주량은 맥주 한 잔인데 반주를 좋아한다는 게 함정.

# 맥주와

## 담배

    나는 맥주가 좋다. 맥주를 마시면 기분이 업된다. 그나마 두 캔 먹으면 만취, 한 캔이 정량이다. 그런데 요 '딱 한 잔'이 엄청난 중독성을 가지고 있다. 이게 다 여행 때문이다.

    로컬음식에 열심히 도전하지만 거부감이 들 때가 있다. 처음 먹어보는 식재료, 처음 맡아보는 향, 너무 달거나 느끼하거나……. 외국에 나가보면 한국 음식이 얼마나 담백한지 확실히 알게 된다. 역시 한국 음식이 최고다. 그렇다고 현지에 가서 한국 음식 찾아다니는 성격은 아니다. 무엇보다 그 나라 음식은 거기서 먹어 보고 싶은 게 본심이다. 궁금하니 '추라이~'. 이때 공식은 맥주 한 잔을 곁들이는 거다. 내 술버릇은 이렇게 시작되었다.

미얀마 맥주는 맑고 깨끗했다. 실제로 세계 3대 맥주에 속하고, 무슨 맥주대회에서 상을 받기도 했다는데 확인은 안 해봤다. 어쨌든 그럴 만한 맛이다. 물이 좋아서인가? 다음날 숙취도 없다. 그러니 미얀마에선 끼니마다 반주를 즐겼다.

만달레이에서 만난 영국인 변호사는 미얀마 맥주에 푹 빠져 있었다. 뭔가를 비닐봉지에 싸서 홀짝거리길래 물어보니 700ml짜리 미얀마 맥주병이었다. 그는 연신 "lovely beer!" 하며 마셔댔다. 아무리 많이 마셔도 다음날 말짱하다나? 그게 술 때문인지 육중한 몸 때문인지는 모르겠으나 그의 표정만큼은 진심인 듯 보였다.

정작 맥주의 기원은 이집트다. 피라미드를 만들 때 맥주를 마셨다는 이야기가 맥주에 관한 가장 오래된 기록이 아닐까 싶다. 그러나 현재 이집트는 '공식적으로' 금주의 나라다. 이미 6천 년 전부터 맥주를 만들었고 구토하는 걸 축복이라 여긴 이집트인데 지금은 금주라니! 이슬람 국가이기 때문이다. 그렇다고 맥주가 없지는 않다.

이집트 갔을 때는 사카라라는 맥주를 마셨는데, 사카라의 뜻은 '무덤'이다. 이 맥주는 이름처럼 확실히 나를 무덤 앞까지 데려갔다. 맥주만 마셨다 하면 배앓이를 했던 것. 처음에는 과음 때문인가 했고, 두 번째는 확실히 맥주가 안 맞는다는 결론이었다. 결국 좋아하는 맥주를 자제해야 했다.

이집트 맥주 이야기를 한 김에 '시샤'도 소개해야겠다. 흔히 '물

담배'라 하는 것이다.

글쎄, 시샤는 단순히 담배가 아니다. 아랍 남자들의 문화, 유흥, 교류와 연결되기 때문. 금주하는 이슬람권에서 시샤는 술을 대신한다. 화려하게 장식한 호리병에 물을 담고, 여기에 호스를 꽂는다. 물이 필터 역할을 하는 것. 호리병 입구 근처에 숯과 향신료통이 있다. 담배향은 주로 과일향이다. 순하게 느껴지지만 상당히 독한 담배라고 한다. 예전에는 남자들이 모여 앉아 시샤를 돌려가며 피웠다는데 지금은, 특히 여행자라면 남녀 구별없이 모여 앉아 일종의 문화 체험 시간을 가져볼 수 있다.

나는 담배를 피우지는 않지만, 눕듯이 앉아 있는 나른한 분위기가 좋아 물담배 피우는 사람들 사이에 앉아 있곤 했다. 그 자리에서 옛날 영화 〈벤허〉가 생각났다. 무형의 문화가 그렇다. 피라미드와 신전 같은 유적지에서 그랬던 것처럼, 시샤를 피우는 사람들 사이에서도 여행의 현장감이 느껴졌으니 말이다.

멕시코에서는 꽤 다양한 '술 에피소드'를 남겼다. 일단 코로나. 코로나는 멕시코 사람들에게 사랑받는 맥주가 분명하다(지금은 유례 없는 감염병과 이름을 같이하며 뜻하지 않은 불운을 겪고 있지만). 현지에서는 가격도 싸고, 어딜 가든 코로나 간판이 보인다. 코로나 이름의 바도 있고, 코로나 사탕도 있다. 그러니 반주는 매일 코로나였다.

칸쿤에서는 최고의 테킬라를 마셨다. 테킬라의 나라답게 멕시코는 그 종류가 어마어마하다. 멕시코 여행 마지막날 저녁, 우리는 칸쿤 해변에 들렀다가 분위기 좋은 식당을 찾았다. 언제나 계획한 식당만 고집하던 K언니가 어쩐 일로 사전 정보 없이 허락한 식당이었다. 알고 보니 여긴 테킬라 전문 바. 진열장 안 각종 진귀한 테킬라 스트레이트와 테킬라 베이스의 칵테일, 메스칼, 맥주 등이 여행자를 유혹했다. 제대로 술집이네!

우린 저녁 식사와 함께 테킬라 한 잔을 주문했다. 난 멕시코에 올 때부터 테킬라를 딱 한 잔 마셔보되, 정말 좋은 걸로 맛볼 생각이었다. 내 주량으로 가장 화끈하게 멕시코 술을 즐길 수 있는 방법이라 생각했다. 보통 고급 식당에서 테킬라 한 잔이 우리 돈 4천 원에서 7천 원 정도인데, 내가 주문한 건 무려 2만 1천 원! 병이 아니라 스트레이트 딱 한 잔이다. 우리에게 유명한 호세 쿠에르보 브랜드 중 최상급 라인이었다.

직원이 병을 가져와 확인하는 등 '비싼 술 의식'을 마친 후 드디어 그 한 잔이 등장했다. 두 개의 스트레이트 잔 한쪽은 토마토 주스가, 다른 한쪽은 문제의 테킬라님이 자리잡았고, 받침대에 라임과 소금이 나왔다. 100% 아가베로 만든 상등급으로 3년 이상 숙성된 아주, 아주 독한 술이다. 여기서 아가베의 혼합률이 중요하다. 100%면 1, 2등급으로 천연주이고, 혼합주는 3등급에 속하는데, 우리나라에서 흔히 보는 호세 쿠에르보는 혼합주로 3등급이다. 그러니까 1등급 털어넣은 나, 완전 세계 마신 것. 한방에 갔다! 식도를 타고 불이 지나간 후 졸음이 몰려왔다. 저녁 식사가 무엇이었는지는 기억나지 않는다.

저쪽 테이블에서 마리아치(멕시코 길거리나 음식점에서 노래와 연주를 하는 악사들 ; 편집자 주)가 들려주는 감미로운 노랫소리는 때마침 자장가가 되어주었다. 마지막 밤을 불태울 전의는 벌써 물 건너갔다. 빨리 침대로 가서 눕고만 싶을 뿐. 언니는 마지막 밤이니 클럽을 찾아보자며, 술 깨라고 음료 한 잔을 주문해주었다. 이런, 이것도 테킬라 베이스다! 언니, 여긴 테킬라 전문 바라고!

난 숙소로 돌아와 깊이 잠들었고, 여행의 피로를 깊은 잠으로 풀었으니 최상급 테킬라는 나름 큰 역할을 했다.

귀국길은 칸쿤에서 멕시코시티로 넘어와 LA를 거쳐 한국까지 오는 여정이었다. 그런데 멕시코시티에서 비행기가 엄청나게 연착되었다. 면세점을 이 끝에서 저 끝까지 돌아보고, 훑어보고, 뒤져보아도 비행기는 올 줄 몰랐다. 면세점에는 테킬라가 종류별로 있었다. 와중에 대부분의 테킬라는 종류별로 시음이 가능했다. 이미 테킬라 맛을 뜨겁게 본지라 받아 마실 생각은 들지 않았지만 술꾼에겐 여기가 천국이겠다 싶었다.

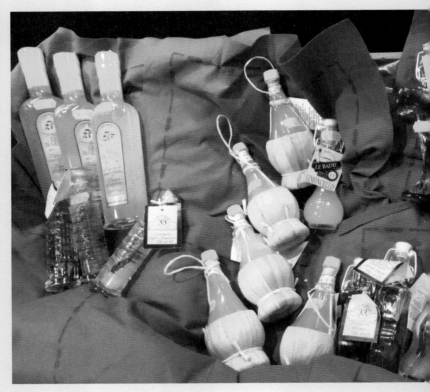

세계 각국을 다니며 그곳의 술을 맛보는 일은
여행의 또다른 재미다.

# Ⅱ
# 여행 사람

# 1.

## 그 언니와
## 멕 시 코

## 멕시코

## 피라미드 봤어?

특별히 가깝지도 멀지도 않던 그 언니가 어느 날 내 삶에 쓱 들어왔다. '삶에 들어왔다'라는 말은 결코 과언이 아니다. 분명 멕시코 여행이 내 인생의 어떤 분기점이 되었으니까.

난 일도 많고 출장도 많은, 여행을 꽤 좋아하는 직장인이었다. 어느 정도 여행에 대한 패턴도, 요령도 있었다. 주변 사람들과 후배들에게도 허세깨나 부리던 나다. 그러나 멕시코 여행은 달랐다. 그건 실로 그동안의 모든 여행을 리셋하고도 남을 일대 사건이었다.

멕시코 여행을 권하는 언니에게 물었다.

"언니! 거긴 뭐가 좋아?"

뭐가 좋냐는 질문은 '거긴 왜?'라는 뜻이었다.

"피라미드!"

"어? 피라미드가 있어?"

신선했다. 이집트가 아닌 멕시코에 피라미드가 있다고? 거기는 마약과 총기, 산초가 노니는 곳 아닌가? 또 뭐가 있더라? 베사메 무초?

"그럼! 마야 문명이잖아. 음식도 맛있고."

"음식?"

"타코가 멕시코 음식이잖아."

아, 그렇지!


그날부터 언니의 진두지휘(?) 하에 멕시코 여행 준비에 들어갔다. 언니는 비행기 티켓 구입이나 스케줄링 같은 대부분의 여행 준비를 도맡았고, 나에게는 숙제를 안겼다. 멕시코 역사와 문화에 대해 공부해오라는 것이었다. 우리가 가게 될 유적지에 도착하면 나는 그 지역 가이드처럼 "이 유적은 말야" 하며 설명해줘야 한다. 책을 찾고 읽기 시작했다. 그런데 라틴아메리카에 대해 아는 게 없다 보니 어디서부터 손을 대야 할지 도저히 감이 오지 않았다. 그리스 신화를 세 번 읽었어도 신 이름이라고는 제우스밖에 모르는데, 마야와 아즈텍 문명에 등장하는 신들은 발음도 안 되는 난생 처음 보는 것들이다. 도대체 무슨 얘기를 하는지 알 수가 없었다. 생각해보니 어른용 전문서적을 읽을 게 아니라, 초등학생 대상으로 나온 역사 이야기책을 읽었어야 했다.

출발 날짜가 다가오면서 자연스럽게 주변 사람들에게 '여행 자랑'을 하기 시작했다. 주변 사람들의 반응도 나의 첫 반응과 별반 다르지 않았다. "거기 뭐 볼 게 있다고?", "야, 큰일나. 거기 위험해!" 등등 부러움보다는 걱정이 많아 자랑의 효과는 누리지 못했다. 게다가 전무후무 핫시즌이라 비행깃값도 엄청 비싸게 치러야 했지만, 여행의 리더 격인 언니의 일정에 맞춘 거라 나에겐 별다른 선택의 여지가 없었다.

멕시코는 처음부터 끝까지 충격과 감탄 그 자체였다. 우리는 LA 공항을 경유하여 멕시코에 들어갔는데, 대기 시간이 길어 한나절을 LA에서 보내야 했다. 그런 이유로 서울 출발로부터 멕시코 도착까지 만 하루가 걸렸다. 멕시코에 도착하자마자 환전에 실패하고 겁을 잔뜩 집어먹은 우리는 택시를 조심해야 한다는 선배들의 가르침(?)을 참고하여 지하철을 탔다. 이제 와 생각해보면 대안이 있는 경우 택시는 절대 타지 않는 언니가 주입한 '절대적인' 이유와 결과였다고나 할까. 소칼로 광장까지 가는 지하철은 직행이 없어 갈아타야 했고, 이것은 하루 하고도 반나절을 뜬눈으로 보내다시피 한 여행자에게 꽤 고된 여정이었다. 커다란 짐을 끌며 계단을 오르락내리락. 생소한 스페인어는 그림일 뿐 제대로 가고 있는 건지, 과연 소칼로 광장이 나오기나 할는지. 유난히 어둡게 느껴진, 사람이 별로 없는 지하도를 헤매다 올라간 계단.

처음으로 멕시코의 햇살을 받아본다! 커다란 멕시코 깃발이 중앙에 펄럭펄럭! 마, 여기가 멕시코 하고도 광장이다!

일요일 아침의 드넓은 소칼로 광장은 비둘기의 쉼터, 청소부의 일터였다. 이 감동을 어떻게 설명해야 할지……. 우린 잠시 동안 말없이 사진만 찍었다. 그리고 서로 물어볼 필요도 없이 깃발을 향해 걸어갔다. 아! 우리가 멕시코에 왔구나! 쉼 없는 긴 여정으로 몸은 피곤했지만, 멕시코의 놀랍도록 큰 깃발은 왠지 모를 카리스마와 포용력으로 안도감을 주었다.

여독을 풀 새도 없이 숙소를 정하고, 짐을 풀고, 간단한 아침 식사를 한 후 '테오티우아칸'을 찾아갔다. 멕시코 여행의 시작, 피라미드를 보기 위해서였다. 여러 크고 작은 피라미드 중 단연 돋보이는 것은 해의 피라미드와 달의 피라미드. 해의 피라미드는 그 자체가 가장 높고 웅장하여 이곳 최고의 스팟이고, 달의 피라미드는 테오티우아칸 전체를 조망할 수 있는 위치이다. 그러니까 여기가 말로만 듣던 멕시코 피라미드! 역사와 문화를 설명하는 임무를 맡았지만 읽어도 뭔 소린지 모르고 갔으니 무슨 말을 했을까? 이날은 주말이라 현지인 여행자도 꽤 많았다. 다들 그저 앞사람 등과 발뒤꿈치를 보며 높은 피라미드 계단을 오를 뿐이었다. 우린 아즈텍 고대인들이 세상의 배꼽이라 여겼다는 곳에서 사진을 찍고, 첫 여정의 감동을 만끽했다.

해의 피라미드에서의 높고 긴 여정을 마치고, 어른 키를 훌쩍 넘는 엄청난 크기의 선인장을 구경하며 달의 피라미드를 향해 가는데 한 무리의 청년이 지나갔다. 조금 뒤, 앞서 지나쳤던 청년들이 다시 돌아와서는 말을 걸었다. 어디서 왔냐며 사진을 함께 찍어도 되겠느냐는 것이었다. 자신들은 동양 사람, 한국 사람을 처음 봤단다. 핫! 우리도 멕시코가 충격인데 이들도 우리가 신선했나 보다. 그렇게 사진 한 장을 찍고 이메일을 주고 받은 후 그들과 헤어졌다. 그것이 시작이었다. 연예인 아닌, 그저 한국인이란 이유로 겪는 한류 말이다. 이후로도 자주, 우리의 등장은 사람들의 관심을 끌었다.

저녁에는 라틴아메리카 타워에 올랐다. 고대의 전망대를 클리어하고, 현대의 전망대에 도전했다고나 할까? 사실 높은 곳에 올라 그 일대를 관망하는 것은 여행의 공식이기도 하다. 그곳에서 일몰이나 일출을 보면 더 좋다. 멕시코시티의 라틴아메리카 타워에서는 멕시코시티가 얼마나 큰지 한눈에 볼 수 있었고, 소소한 재미도 누릴 수 있었다.

세계에서 제일 높은 타워는 무엇?

그들의 주장에 따르면 라틴아메리카 타워다.

이유는?

멕시코시티 자체가 해발 2,240미터에 위치하고 있기 때문에 이

멕시코의 피라미드 유적지 테오티우아칸

라틴아메리카 타워 전망대에서 바라본 멕시코시티

44층짜리 라틴아메리카 타워가 세계에서 가장 높다는 이야기다. 바다로부터 가장 높으니 틀린 말은 아니네. 그들은 이 논리를 증명하기 위해 전세계 내로라 하는 타워들의 해발 고도와 높이를 비교하는 공간까지 만들어놓았다.

어쨌든 이 최고最高의 타워에 올라가서야 비로소 멕시코시티가 얼마나 큰 도시인지, 멕시코가 얼마나 큰 나라인지 실감했다. 산으로 막힌 공간이 없어서이기도 하겠지만, 저 아득히 먼 곳까지 반짝이던 야경은 처음 소칼로 광장에서 받은 장엄한 깃발의 감동과는 또다른 무게로 다가왔다. 마치 비행기에서 내려다보는 듯한 야경의 반짝임에 잠시 흥분을 감출 수 없었다. 앞으로 펼쳐질 여행에 대한 기대감이 고조되기에 충분했다.

이곳에서도 한국인이라는 이유로 과한 친절을 누렸으니 장소는 화장실이었다. 한 칸밖에 없는 화장실에 한 가족이 줄을 섰다. 여행 중에 깨끗한 공중화장실을 만나면 꼭 한 번씩 들러줘야 한다. 우리 역시 꽤 참았던 터라 화장실 사인을 보고 반색하였다. 줄 끝에 선 나에게 어디서 왔느냐고 물어보는 일가족. 코리아라는 한마디에 신기함과 동경이 어린 눈빛으로 내 몸 여기저기를 구경하기 시작한다. 아, 쑥스러워라. 오후에 붙인 레게 머리 때문인가? 관광지보다는 바로 클럽으로 가야 할 것 같은 차림이 그들 보기에 이상했을까?

어쨌든 구경을 마친 가족은 내게 흔쾌히 화장실 줄을 내주었다. 아니, 그러지 않으셔도 되는데……. 몇 번을 사양해도 굳이 들어가라 하시니 문이 열린 채 다음 손님을 기다리는 변기통만 '덩그러니'다. 더 빼면 시간만 지체될 것 같아 "Gracias!"(아는 말이라곤 이거밖에 없으니) 감사 인사를 하고 화장실에 들어갔다.

코리안 레이디의 화장실 소리가 궁금했을까? 안에서도 느껴지는 그녀들의 숨죽임이 내 모든 욕구를 정지시켰다. 어떤 소리도 낼 수 없었고, 그 어떤 것도 내보낼 수 없었다. 너무나 긴장한 나는 조용히 물을 내리고 그 상태 그대로 밖으로 나올 수밖에 없었다. 아, 여러분, 저는 그냥 평범한 한국 여자라고요. 연예인이 아니라고요. 당신들이 아는 그 가수들 구경도 못해봤다고요…….

이후 다른 여행에서도 때에 따라 소녀시대, 엑소, BTS의 나라에서 왔다는 이유로 길거리에서 함께 사진을 찍은 적이 꽤 있다.

그녀를

만나다!

내 인생 최고의 순간 중 하나가 바로 그날이다. 멕시코에 다녀온 지 시간이 꽤 지났지만 이후로도 이렇게 얻어걸린 기쁨은 그리 많지 않다. 아니, 뭘 알아가면 알수록 '뜻밖의' 사건보다는 '계획대로 착착'의 확률이 높아진다.

멕시코시티 첫날을 마감하며 길에서 우연히 본 포스터가 복이었다. 프리다 칼로 100주년 기념 전시회가 열린다는 것. 광고일을 하면서도 '누가 포스터 보고 전시회에 가나?' 했는데 그 사람이 바로 내가 될 줄이야.

'문화 역사 담당'이었던 나는 여행 전부터 몇 권의 책을 찾아보았다. 프리다 칼로에 대한 책도 읽었다. 책을 읽으며 그 남편인 디

프리다 칼로 100주년 전시회장 입구에 선 사람들

에고 리베라도, 러시아의 혁명가 트로츠키도 알게 되었다. 책 한 권으로는 깊이 알 수가 없어 자연스레 영화까지 보게 되었다. 책과 영화에 등장하는 프리다 칼로의 그림들도 보았고, 디에고 리베라가 그렸다는 벽화도 보았다. 공부한 게 아니라 그냥 봤다. 그러니까 디에고 리베라는 우리나라 박수근 화백쯤 되는 건가? 프리다 칼로는 페미니스트를 대표하고? 그렇게 그들과 첫 대면을 했다.

멕시코에서 접한 프리다 칼로 100주년 전시회 소식은 그리 특별하게 느껴지지 않았다. '책과 영화를 보고 왔는데 현지에서도 전시회를 하네? 음, 확실히 프리다 칼로가 멕시코를 대표하는 인물인가 보군.' 정도였다. 왠지 멕시코에서는 어딜 가나 프리다 칼로 상설전시가 있을 것 같았다. 게다가 디에고 리베라 벽화는 대통령궁에서도 이미 보고 온 터. 그러나 미술 전공을 한 언니는 이 전시회 소식에 꽤 흥분해 있었다.

아침부터 잽싸게 타코 하나를 사먹고 전시회가 열리는 '팔라시오 데 발라스 아르테스Palacio de Bellas Artes'에 도착했다. 어찌나 부지런을 떨었는지 아직 개관 전이다. 잠시 기다렸다 전시장 안으로 들어갔다.

프리다 칼로 전시가 아니더라도 이곳은 꽤 의미가 크다. 우리나라 예술의 전당 같다고나 할까? 대표적인 전시&공연장으로 외관은 스페인 스타일의 하얀 대리석, 내부는 멕시코산 붉은 대리석으로 지은, 자재부터 히스토리를 갖고 있는 곳이다. 게다가 멕시코

프리다 칼로 전시장의 다양한 굿즈들

의 민족 화가인 디에고 리베라의 작품이 전시장 곳곳, 복도마다 상시 전시되어 있다. 앞서 말했듯이 디에고 리베라는 프리다 칼로의 남편이다. 그러니까 프리다 칼로 전시를 보러 왔는데 디에고 리베라 전시는 옵션, 1+1이다. 나는 점차 이 전시회가 범상치 않은 사건임을 느끼게 되었다. 멕시코 여행자라도 흔히 할 수 없는 소중한 경험을 하게 된 것이다. 세상에!

우린 주제별로 나눈 열 군데의 전시장에서 프리다 칼로의 작품 대부분과 그녀의 소품, 사진, 동영상, 기념품, 심지어 그녀가 사용했던 깁스까지 가까이서 천천히 감상할 수 있었다. 전시실 사이를 이동할 때 보는 디에고 리베라의 작품은 덤이었다. 평소라면 이 건물에서 그의 작품을 보는 것이 메인이었을 텐데 말이다. 하하!! 촬영이 허락되지 않아 아쉽게도 사진은 남기지 못했지만, 화가가 이룬 평생의 작품을 한 번에 몰아서 볼 수 있었다니 얼마나 큰 행운인가?

프리다 칼로의 인기는 해가 갈수록 높아져, 몇 해 지나 우리나라에서도 프리다 칼로 특별전이 열렸다. 그러나 이 특별전은 그날 내가 본 작품에 비하면 극히 일부, 포장지 정도였다고 해야 하나? 증명할 방법이 없어 100주년 전시장에서 사온 연필 두 자루를 지금도 소중하게 간직하고 있다.

우리가 개관 시간 전부터 부지런을 떨었으니 망정이지, 관람을 마치고 나올 때에는 대기하는 사람들의 줄이 엄청났다는 걸 말해둔다. 이 사건으로 미술에 눈을 떴다고까지는 말할 수 없지만 어떤 자극이 된 건 사실이다. 가끔 미술 감상과 화가, 미술사에 대한 책을 보고, 전시회를 찾는다. 창작자의 삶과 철학과 가치가 창작물에 고스란히 투영된다는 것에 특히 관심이 간다.

여전히 그림은 잘 모르지만 프리다 칼로, 디에고 리베라 부부는 어쨌든 내 맘 속 멕시코 화가 일등 자리에 있다.

# 산 자와 죽은 자가

## 함께 사는 곳

 오악사카<sup>Oaxaca</sup> 곳곳에는 해골이 많았다. 캐릭터나 소지품에 해골 그림이 그려져 있는 것은 기본이고, 어떤 아트샵은 아예 진짜 해골이 손님을 맞이하는가 하면, 서점 창가에는 드레스 입은 해골 레이디가 서 있어 소심한 나를 식겁하게 만들기도 했다. 왜 그렇게 해골이 많은가 했더니, 그들이 믿는 윤회사상 때문이다.

 멕시코의 신앙을 배경으로 한 애니메이션 〈코코〉가 있다. 멕시코의 대표 축제인 '죽은 자의 날'을 배경으로 하는 이 영화는 아이 보여주러 갔다가 어른들이 폭풍 오열하고 왔다는 감상평이 많다. 어쨌든 고대 마야인들은 죽음을 신성시했고, 명예로운 죽음을 맞을 수 있도록 하는 의식이나 행사가 발달했다. 대표적인 게 일종의 축구 게임인 '폭타폭 경기'이고 여기서 패한 팀은 목숨을 내놓아야 했는데, 그들은 이러한 죽음을 명예롭게 여겼다고 한다.

'차크물'은 제물로 바친 사람의 심장을 올리던 조각상인데, 박물관과 유적지에서 발견할 수 있고, 기념품점에서도 미니 사이즈로 볼 수 있다. 왕족과 귀족은 죽어서 다시 태어날 때 옥수수가 되고 싶어했다고 한다. 주식이 옥수수이기 때문인데, 왕족들은 머리통을 옥수수 모양으로 만들기 위해 뇌수술도 감행했다고 한다.

여행자들이 오악사카를 찾는 이유는 마야 문명의 흔적을 보기 위해서다. 그러니 해골 관련 상품들이 많았고, 우리도 점차 익숙해져 나중엔 해골 캐릭터가 귀여워 보이기까지 했다.

거기에 축구를 목숨 걸고 한 곳이 다름 아닌 마야였다는 점, 지는 것은 곧 죽음이니 얼마나 살벌한 게임이었을까? 한일전도 이만큼 치열하진 않겠지?

해골이 다가 아니다. 벌레 넣은 술도 꽤 충격적이었다. 사실 메스칼은 몇 안 되는 여행의 숙제 중 하나였다. 회사에서 휴가를 얻을 때 사장님이 사오라고 했던 것이 '애벌레 들어간 맥주'였다. 내가 직장에서 만난 사람 중 허세라면 단연 원탑이었던 그 사장님은 휴가를 내주며 시크하게 한마디를 던졌다.

"그거 하나 사와!"

"네?"

"그, 맥주에 애벌레 들어 있는 거 있어."

미국 유학 시절 이야기를 심심치 않게 들려주던 사장님은 멕시코 여행 역시 그냥 보내주지 않았다. 본인이 경험한 미국과 멕시코 국경지대의 살벌함, 유학생들은 다 마약 하러 간다는 둥, 사람들은 총을 차고 다닌다는 둥……. 대체 우리 사장님, 멕시코 어딜 다녀왔던 걸까? 여튼 숙제인즉슨 멕시코에서 벌레 들어간 술을 사오라는 이야기였다.

'문화 역사 담당'이었던 내가 조사한 바에 따르면 사장님의 '벌레 술'은 메스칼이었다. 이건 맥주가 아니라 오히려 테킬라에 가깝다. 오악사카 몬테 알반 관광지에 메스칼 기념품을 많이 판다고 하니 다음 휴가를 받기 위해선 꼭 성공해야 하는 미션이기도 했다.

메스칼은 우리나라로 치면 소주 같은 술이다. 테킬라가 3~5년 된 어린 아가베(용설란) 잎으로 만드는 술이라면 메스칼은 아가베 전체를, 나이에 관계 없이 뿌리까지 통으로 써서

만드는 거친 술이다. 이렇게 식물 전체를 쓰다 보니 뿌리에 있던 애벌레가 같이 들어가기도 하고, 맛도 정제된 테킬라보다는 거칠다.

소문처럼 몬테 알반 유적지 근처 기념품 가게에서는 매우 '기념품스러운' 병에 메스칼을 팔고 있었다. 나는 조금 더 둘러보고 싶어 오악사카 재래시장을 돌아다니다 재미있는 것을 발견했다. 이 시장도 여행자들이 많아 가게마다 분위기가 다른데 현지인들이 편하게 다니는 상점도 있고, 여행자들의 기념품을 파는 곳도 있었다. 메스칼 또한 현지인들이 사 먹는 곳은 주전자만 가져가면 술을 받아올 수 있는 분위기인 반면, 여행자들의 메스칼 집은 깔끔한 유리병에 술을 담아 팔고 있었다. 재미있는 건 현지인 메스칼은 그렇지 않은데 여행자 메스칼에는 병마다 하나씩 애벌레가 들어 있더라는 점이다. 우연히 들어갔다고 하기엔 너무나 곱게 하나씩, 바닥에 자리잡은 녀석들. 따로 애벌레를 양식하는 게 아닌가 하는 생각이 스쳤다.

나는 통통한 녀석이 들어 있는 적당한 병 하나를 골라 숙제를 마쳤다. 이 한 병의 메스칼은 혹시라도 깨질까 남은 여정 내내 트렁크 중심에 자리잡고 있다가 휴가 후 사장님 책상에 다소곳이 올려졌다.


오악사카 다음 여정이었던 '산 크리스토발 데 라스 카사스'는 긴 이름부터가 충격이었다. '산 크리스토발'만 해도 어려운데 '라스 카사스'라니! 이는 멕시코를 처음 발견한 콜럼버스(크리스토발 콜론)와 원주민의 권익을 위해 애쓴 신부님(바르톨로메 데 라스 카사스)의 이름을 연결해 지은 산골 동네 이름이다. 언니는 '산크리스토발 데 라스 카사스'를 제대로 말한 적이 단 한 번도 없지만, 우리에게 가장 청명하고 아름다웠던 곳으로 기억되는 마을이다.

도착한 날 비가 한 차례 내린 하늘은 그대로 그림이었다. 콜로니얼풍 건물이 늘어선 골목은 집집마다 다른 색 페인트로 칠해져 있어 동네 전체가 한 폭의 구성 작품 같았다. 후에 들은 이야기로는 건물 색을 나라에서 지정해준다고. 믿거나 말거나.

해가 지자 산동네 추위가 찾아왔고, 성당 앞 광장에서 핫초코를 마시다가 만난 가족의 권유로 다음날 일정을 정해버렸다.

차물라 마을, 멕시코 원주민 인디헤나의 마을이었다. 이곳에선 마음이 참 복잡했다. 오랫동안 이곳에서 살아온 사람들의 모습, 관광객 때문에 돈벌이를 하지만 관광객이 달갑지만은 않은 사람들……. 그들은 전통의상을 입고 시장 마당에 모여 수공예품, 옷가지, 천, 양털, 음식 등을 팔고 있었다. 구경거리가 되는 게 싫지만, 구경거리이기 때문에 돈을 벌고 생활이 이어진다. 처음에는 부끄러워하다가 오히려 적극적으로 변하는 아이들의 모습을 보며 이런저런 생각이 많아졌던 기억이다.

마을 중심가에는 카테드랄(중앙 성당)이 있었는데, 이곳의 모습이 참 특이했다. 인형의 집처럼 생긴 조그만 성당에 들어서면 바

산 크리스토발 차물라 성당

닥은 그냥 흙이다. 그러니까 이게 벽만 있는 건물이다. 바닥에는 잡초와 잔디가 드문드문 올라와 있고, 이 바닥에 앉아 부녀자들이 주문을 외듯 소리내어 기도한다. 내부 사진 촬영은 절대 금지라 외관만 찍어 왔는데, 내가 가본 성당 중 가장 소박하고 시끄러운(?) 곳이었다.

원주민들은 눈만 마주쳐도 사진을 찍는 줄 알고 손을 내밀었다. 돈을 내놓으라는 것이다. 여기서 언니가 가져온 폴라로이드 카메라가 큰 활약을 했다. 언니는 짐을 1그램이라도 줄여야 하는 긴 여행에서 성가신 아이템이기도 한 폴라로이드 카메라를 그날따라 꼭 챙겨가더니 인디언 아이들 앞에서 꺼내 들었다. 처음에 아이들은 우리를 노려보며 돈을 내라고 했다. 카메라를 들었으니 돈을 줘야 같이 찍어주겠다는 말이다. 우리는 아이 독사진을 한 장 찍어 선물했다.

"프레젠트! 프레젠트!"

스페인어는 모르니 인화된 사진을 아이 손에 쥐여주었다. 처음엔 사진을 받고도 무슨 말인지 모르겠다는 반응이더니, 다른 아이들에게 세 번쯤 이 행위를 반복하자 모여 있는 아이들이 뜻을 이해했다.

"그래, 이거 선물이야!"

언니는 돈을 받고 카메라 앞에 서는 관광지 아이들 중에 정작 자기 사진은 하나도 없는 경우가 많다는 이야기를 어디선가 들었다고 한다. 극한 오지에는 자기가 어떻게 생겼는지 모르는 채 평생 사는 아이도 있단다. 차물라 마을 아이들에게 사진을 선물하려고 폴라로이드 카메라를 챙겼던 것.

처음에 돈을 달라고 했던 아이들은 잠시 얼떨떨해하더니 이제는 사진을 내놓으라고 아우성이다. 인화지 몇 장 없이 시작한 감성 선물은 금세 바닥을 보였고, 우리는 잘한 건지 못한 건지 고개를 갸우뚱하며 손을 내미는 아이들로부터 탈출해야 했다.

여행 말미에 칸쿤에서 전통 복장을 한 인디언을 보았다. 차물라 마을에서 보았던 모습 그대로였는데 이곳에선 마치 걸인을 본 듯한 느낌이었다. 그들이 모여 사는 곳에서는 양털 치마와 블라우스가 그저 평상복일 뿐인데, 칸쿤에서 만난 그들은 너무나 초라했고 날씨에 맞지 않은 양털 치마는 남루하게만 보였다.

알 만한 유명 호텔들이 크게 자리잡고, 명품 브랜드를 두른 미국 부자들이 활보하는 칸쿤의 풍경이 보는 사람의 눈까지 간사하게 만들어버린 건 아닌지……. 멕시코 차물라 마을에 대한 기억은 또다른 이유로 마음 속에 오래오래 가라앉아 있다.

# 정글

## 참 징하네

우린 빈털터리로 정글에 도착했다. 여행마다 새로운 시도는 좋지만 여행자수표는 왜 하자고 한 건지, 여행을 진두지휘했던 언니에게 정식으로 물어보고 싶다. 멕시코시티에서 한 차례 수표를 돈으로 바꿨는데 그나마도 은행을 찾느라 몇 군데를 다니며 시간을 써야 했다. 돈은 이때 다 바꿨어야 했다. 그럴 게 아니었으면 돈 바꿀 시간을 충분히 고려하여 움직였어야 했다.

우린 '여행자수표'라는 종이 뭉치를 가진 무전 여행자일 뿐이었다. 그나마 소심한 나는 돈을 아끼고 아꼈지만 언니는 내 돈까지 빌려 자신의 기념품을 샀으니 말 다했지. 여행은 짧은 결혼 생활 같은 것. 이런 사람과 결혼한다면 난 아마 복장이 터질 거다. 여행에는 끝이 있으니 얼마나 다행인가?

우리는 결국 버스 시간에 쫓겨 오악사카 은행에서 돈을 바꾸지 못한 채 팔렝케까지 왔다. 오밤중에 터미널에 도착해 언니가 생각해둔 로지lodge까지 겨우 찾아왔고, 택시비와 숙박비를 치르고 나니 저녁 먹을 돈도 없어 둘이 맥주 한 병을 나눠 마셨다. 당연히 숙소도 제일 저렴한, 팔렝케 정글이 그대로 느껴지는 방이었다.

맥주를 마신 곳은 숙소의 유일한 레스토랑으로 아침엔 식당, 저녁이면 술집이 되는 곳이었다. 이곳에 머무는 사람들은 대개 팔렝케 유적지를 보고 왔거나 보러 갈 사람들이다. 흡사 변두리 유원지 같은 분위기에 여행자들이 모이니 자유로운 기운에 금방이라도 재미있는 일이 일어날 것만 같다. 누구라도 단번에 친구가 되는 분위기다.

우린 자연스럽게 여러 사람들과 합석하게 되었다. 현지인과 대화하길 좋아하는 언니는 어딜 가나 잘 어울린다. 길을 물어보면서도 두 시간씩 수다를 떨 수 있는 언니의 친화력으로 우린 어렵지 않게 술과 음식을 얻어먹을 수 있었다. 처량한 기분도 들지 않았다. 그저 분위기를 즐길 뿐이었다.

어느 순간 로마 군인처럼 잘생긴 남자 하나가 사람들에게 아낌없이 술을 돌리기 시작했다. 다들 마다할 이유 없이 어울리며 술을 받아 마셨다. 팔렝케를 보고 온 멕시코인 형제, 스페인에서 온 친구 무리 등등 면면도 다양했다.

183

그런데 이 '로마 군인남'이 취기가 오르자 우리에게만 적극적으로 말을 걸기 시작했다. 우리가 맘에 들었던 걸까? 지금 생각해보니 좀 쉽거나 약해 보였을 수도 있겠다. 이제는 부담이 백배, 그는 점점 더 들이대기 시작했고, 급기야 합석했던 멕시코인 형제가 막아주는 지경에 이르렀다. 빨리 피하는 게 좋겠다는 판단 하에 기회를 보고 있는데, 이 '로마 군인남'이 최후의 일격을 가한다. 자기 방에 가서 마리화나를 피우자. 기회를 볼 것도 없이 도망치듯 자리에서 나왔다. 서사는 필요없다. 도망이 답이다. 다음날 아침 팔렝케 유적에 가려고 식당을 지나치는데, 이 '로마 군인남'은 벌써부터 스페인 여자들에게 와인을 사주며 작업을 걸고 있었다.

팔렝케는 체력도 감성도 돈도 바닥을 친 여정이었다. 그날 아침 일찍 눈을 떴다. 정글의 로지에서 마음 편히 잘 수 없었던 까닭이다. 날씨가 생각보다 덥기만 해서 내내 핫팬츠 차림으로 다니다 보니 양말이 모자랐다. 남은 양말은 발목이 길어 조금 잘라내고 싶었다. 파우치 속에 있던 눈썹 다듬는 칼로 양말의 발목을 슬슬 썰어보니, 손톱만 한 칼날이라도 제 기능을 다하더란 말이다.

곤히 자고 있는 언니를 뒤로한 채 혼자 일어나 세수를 하고, 하나 남은 양말을 재단하고 있었다. 몇 번 해보니 이것도 요령이 생긴다. 내가 정한 커팅선을 중심으로 양말을 접고 그 사이로 칼을 넣어 쓱쓱. 눈썹이나 밀어내던 조그마한 칼이 이렇게 야무질 줄이야……. 앗, 방심하는 순간 칼날이 빠져 어디론가 날아간다. 동시

에 엄지손가락 살점이 뭉텅 썰려나갔다. 피가 뚝뚝. 입이 딱 벌어
졌는데 소리도 나오지 않는다. 손을 쥐고 침대에 쓰러졌다. 헉, 헉,
헉……. 잇새로 다량의 공기만 불규칙하게 뿜어져나왔다. 슬프지
도 않은데 반사적으로 눈물이 뚝뚝 떨어졌다.

　손톱이 약한 탓에 늘 가지고 다니는 반창고는 이제 딱 두 개가
남았다. 떨어져나간 살점 위에 할 수 있는 건 반창고 응급조치뿐.
손가락 살점 좀 떨어져나간 게 뭐 대단한 일이라고……. 아니 그
렇지가 않다. 손가락이 아프니 세상 모든 일을 엄지손가락 하나가
해왔다는 걸 알게 된다. 피가 마르면 좀 나으려나 싶었지만 하루

종일 주기적으로 욱신거려 컨디션은 엉망이었다. 팔렝케의 놀라운 유적지에서도 기운 없이 따라만 다니니 언니도 마음이 불편했나 보다. 내 기분을 살피는 언니에게 아침에 양말 자르다가 손가락을 다쳤다고 고백했다. 반창고를 열어 상처난 곳을 보여주니 이건 가벼운 찰과상이 아니다. 다시 봐도 끔찍하여 나는 아예 눈을 돌렸다.

"정말 아팠겠다. 진작 말을 하지……."

언니는 가지고 있던 연고를 꺼내 상처 부위에 바른 뒤 마지막 하나 남은 반창고를 붙여주었다. 연고가 미끌거려 반창고가 잘 붙지 않는다. 여전히 손가락은 욱신거리고, 손끝 좀 아픈 건데 그냥 아무것도 하기 싫다. 팔렝케의 계단은 왜 그렇게 높고, 봐야 할 건 또 왜 그리 많은 건지……. 한 장면도 놓치고 싶지 않았던 멕시코 유적지에서 내내 정신이 없었던 까닭에 지금도 사진을 봐야 '아, 그랬었지.' 한다.

팔렝케에서 시내로 나와 반창고 한 통을 샀다. 그런데 이 밴드 에이드는 몹쓸 접착력을 자랑하여 도무지 붙어 있지를 않더란 말이다. 한국에 돌아와 새삼 느꼈다. 세상에! 우리나라 대한민국은 이렇게 좋은 나라다. 반창고도 딱 달라붙게 만드는!

칸쿤에서

뭐 했니?

멕시코로 내 마음을 열어준 곳은 '치첸이트사'였다. 여행 전 〈유네스코 세계문화유산〉이라는 화보집을 봤는데, 그 책에 이곳 치첸이트사가 소개되어 있었다. 1천 개의 기둥이 늘어선 '전사의 신전'은 그야말로 장관, 마야족의 화려한 유산을 볼 수 있는 기회가 온 것이다. 우리의 마지막 여정은 칸쿤으로, 이때 치첸이트사를 돌아보고 멕시코 여행을 화려하게 마무리할 계획이었다. 여행 떠나기 전부터 '멕시코에서 이것만 보고 오면 후회는 없을 것'이라는 기대에 부풀어 있었다.

팔렝케에서 칸쿤으로 향하는 여정, 우린 지역을 이동할 때는 어김없이 밤버스를 탔고, 버스가 숙소를 대신했던 만큼 가장 좋은 버스를 예약하곤 했다.

문제는 팔렝케 시외버스 터미널에서 발생했다. 9시에 온다던 버스가 10분이 지나도 20분이 지나도 오질 않는 거다. 보통 정시에 칼같이 도착해 경쾌하게 출발하던 ADO버스가 아무리 목을 빼기다려도 소식이 감감이다. 터미널 직원에게 물어보기를 반복했다. 예정된 시각에서 한 시간 하고도 한참이 더 지나서야 버스가 한 대 왔는데 직원이 저걸 타란다. 척 봐도 그동안 탔던 쾌적한 버스와는 확연히 다른 모양새의, 낡아빠진 파란색 버스다. 어디서부터 잘못된 것인지 모르겠지만, 결국 계약한 버스는 타지 못했다. 비싼 금액을 지불했고 그만한 서비스를 받지 못했으니 사기를 당한 거나 마찬가지.

언니는 직원을 붙잡고 호소하기 시작했다. 그들은 만사 태평. 버스는 이것밖에 없으니 타든가 아님 말구, 완전 배째라다. 남은 시간은 이틀이 채 안 된다. 당연히 가지 않으면 안 된다. 아무리 사진을 찍고 영수증을 내밀고 해봐야 소용없다. 분을 삭이며, 냄새나는 푹 꺼진 자리에 올라앉았다. 그렇게 하룻밤…….

곧 더 큰 문제가 발생했다. 이 버스가 새벽이 되고 오전이 되도록 칸쿤에 도착하질 않는 거다. 그렇다. 정거장마다 친절하게 들러주는 시골버스였던 것. 치첸이트사에 가려면 새벽에 도착해야 했다. 치첸이트사는 칸쿤 옆집이 아니다. 버스로 세 시간. 아침에 하루짜리 패키지를 따라가든가 치첸이트사행 시외버스를 알아봐야 하는, 어쨌든 하루가 꼬박 걸리는 일정이다. 내일은 집으로 돌아가는 날. 멕시코를 꿈꾸게 한 치첸이트사는 그렇게 날아갔다.

정오가 지나서야 지겨운 버스에서 내렸다. 의욕이 뚝 떨어진 나를 달래며 언니는 어쩜 그리도 신중히 숙소를 살피는지. 결국 팔렝케에서 누군가 추천한 곳으로 결정할 거였으면서 땡볕에 한 시간이 넘도록 골목을 누비는 언니가 원망스러웠다. 전날 팔렝케 유적지에서 한 바가지의 땀을 흘렸고, 미술하를 걸으며 또 그만큼의 육수를 뽑았다. 그 상태로 불편한 버스에서의 하룻밤이라니!

축 처진 어깨로 샤워룸에 들어간 사이 언니는 여행 내내 우리를 옭아맸던 여행자수표를 바꿔왔다. 언니야 다시 쿠바 여행을 떠난다지만, 나는 내일이면 집에 가는데 이제 와서 돈이 무슨 소용?

점심을 먹는 동안 언니가 큰 선심을 썼다. 오늘을 '세진이 하고 싶은 거 하는 날'로 정한 것. 치첸이트사는 날아갔고, 뭘 할까? 내가 여행 중 재미있어 하는 게 있다면 지극히 평범한 걸 하는 거다. 평범한 현지인의 일상을 잠시 체험해보는 것. 일종의 허세이기도 하고, 관광지 위주의 여행과는 다른 어떤 것을 해보는 것, 그러니까……. 그러니까 이게 허세네. 다른 말을 못 찾겠다. 결국 머리를 땋기로 했다. 이제 와 생각해보면 '지극히 평범한 일상'이라 하기엔 너무나 관광객다운 체험이었지만 말이다.

우린 머리 잘 땋는다는 마켓을 찾아갔다. 레게머리 만들기. 미용사(?)와 내가 2인 1조가 되어 진행하는 팀워크다. 나는 고무줄

멕시코 칸쿤 해변

과 알루미늄 포일을 하나씩 손에 쥐고 있다가 미용사가 손을 내밀 때 정확하게 건네준다. 그렇게 머리에 골이 생기고 여기저기 살짝 당기는 느낌이 오면서 점차 지금까지 보지 못했던 내 모습이 나타나기 시작한다. 듣던 대로 전문가의 손길이라 생각보다는 시간이 걸렸다. 한두 시간쯤?

호기심 많은 데다 주변 사람들과 이야기하기를 좋아하는 언니를 둔 덕에 난 어딜 가나 언니를 기다려야 했다. 그런데 이때만큼은 언니가 나를 기다렸다. 언니는 여기저기 구경하다가 한번씩 돌아와서는 "아직 안 됐어?"를 반복하였고, 결국엔 언니도 머리 한 가닥을 땋았다. 머리를 땋은 뒤 우린 신이 나서 칸쿤 해변으로 갔다. 바다는 더 없이 아름다운 풍광을 선물했다.

난 다음날 서울로 돌아왔고, 그대로 출근했다. 분위기가 비교적 자유로운 광고회사였지만 저마다 한마디씩을 던졌고, 민망한지 얼굴을 제대로 못 쳐다보는 부장님도 있었다. 그들의 반응이 은근히 재미있어서 간지러운 머리를 꾹꾹 참으며 그 후로도 열흘을 버텼다.


떠날 때도, 다녀온 후에도 사람들은 아깝다고 했다. 겨우 열흘 다녀오려고 극성수기에 그만한 값을 치르냐는 말이다. 하긴 그렇다. 그렇지만 직장으로 다시 돌아오려면 그것이 최장이다.

여행지에 대한 호기심은 언제나 여행 후에 더 충만해진다. 그에 따른 부작용은 그 나라에서 더 가보지 않은 곳에 대한 아쉬움이다. 치첸이트사처럼 가보지 못한 당초의 목적지는 오히려 미련이 남지 않지만, 이후 공부를 통해 알게 된 또다른 지역을 향해 새로운 호기심이 생긴다.

다시 멕시코에 가게 될까? 그만큼의 시간이 생긴다면 과테말라나 쿠바를 도모하겠지. 여행에서 돌아오면 지극히 현실적인 나. 그리하여 여행과 일상은 서로의 동력이 된다.

# 2.

잠 시

도 망

다 녀 오 겠 습 니 다

# 호주는

## 연착입니다

여행 전날은 늘 똑같다. 가기 싫다. 이 상황을 피하고 싶다. 이날만을 기다리며 계획하고, 돈을 모으고, 일을 해놓고, 운동을 하고, 별별 준비를 다 했건만 왜 싫은지 모르겠다. 다시 시작될 어드벤처가 두렵고, 낯선 곳에서 쭈뼛거릴 나 자신이 부끄럽고, 한 걸음 옮길 때마다 결정해야 하는 모든 상황이 싫다.

현실에서 도망가고 싶어서 여행을 떠나는데 그 여행마저 도망가고 싶다니 이 무슨 나약한 소린가? 그러나 내 여행은 늘 그래왔고, 늘 비행깃값이 아까워 공항까지 가곤 했다. 그저 경중이 다를 뿐. 일상에서의 도망이 더 시급하냐, 여행에 대한 두려움이 더 크냐에 따라 그 여부가 갈린다. 한동안 여행을 다니지 않은 시기가 있었으니 두려움이 그 이유였다.

도피처 역할을 톡톡히 해준 첫번째 여행은 호주였다. 오래된 이야기다. 이제는 그런 여행을 하고 싶어도 할 수 없을 것 같다. 친구 집에서의 홈스테이였으니 말이다(앞서 길치 편에 등장했던 친구 문숙이다). 여행작가가 된 이후로 여행은 일이 되고 여행가로서 아는 것도 많아진다. 해보고 싶은 것도 정보도 많아지니 친구 집에서 소일하며 슈퍼마켓이나 둘러보는 게 쉽지 않다. 그럼에도 불구하고 내가 꿈꾸는 여행은 바로 그런 거다.


그때가 내 인생의 첫 절망기였다.

"너 나가."

그곳은 살아남기 위한 여자들의 전쟁터였다. 업계가 다 아는 악명 높은 팀장 아래 있던 나는 언제라도 그 소리를 들을 수 있는 상황에 있었다. 이미 선임자들이 그리 해왔고, 그렇게 잘려 나갔고, 내 차례가 왔을 뿐이다. 고지식하기만 한 내게 그 아래서 생존할 요령 같은 건 없었다.

올 게 왔구나.

그게 신호였다. 쓸잘데기없는 직원으로 몰락하는 수순 말이다. 수백 권의 게재지를 나르는 건 언제나 내 차지였고, 한겨울에 지하철 기둥 개수 세기 같은 소소한 미션들이 틈틈이 주어졌다. 그게 카피라이터 경력에 무슨 도움이 될는지는 모르지만 '헝그리

정신'을 가르치려는 팀장의 꼰대로움을 배우고 말았으니, 나 또한 한동안은 그런 쓸데없는 뺑이돌리기가 직원 교육에 도움이 된다고 믿었던 것 같다. 가끔 본부장님에게서 "왜 나간다고 했니?" 같은 적반하장 질문을 받고는 하루가 멀다 하고 울곤 했다. 지금은 '왜 그 꿀 같은 시간을 더 누리지 못했나. 일도 안 주고 월급을 주는데 더 버틸걸.' 하는 후회가 들기도 한다. 그렇지만 당시 내 마음은 연약하기 이를 데 없었다. 마치 세상이 끝나는 것 같았다고나 할까. 가족들에게 부끄러웠고, 자존심은 바닥을 쳤다.

엄청난 패배감에 휩싸여 오피스텔 관리비 걱정을 하던 5월, 문숙이가 한국에 왔다. 우린 같이 방산시장 등을 다니며 그녀가 호주에서 하고 있는 사업에 필요한 물건들을 샀다. 그리고 같이 호주 가자는, 쑥 들어온 그녀의 제안. 그렇게 2주간의 친구집 빈대 생활이 시작되었다.

호주는 가을이 시작되려고 하는 아름다운 계절이었다. 가이드북 하나를 사 가긴 했지만 특별히 가고 싶은 데가 없었다.

친구 부부가 출근을 하면 난 텅 빈 거실 소파에 앉아 아무 TV 채널이나 틀어놓고, 간밤에 먹다 남긴 냉장고 안 음식을 꺼내 먹거나 빨래를 걷어 정리했다. 그런 나를 가만두기가 민망했는지 문숙이는 현지투어를 하거나 시드니 시내를 구경하라고 했다. 그래, 친구는 조별 과제를 할 때도 리더 역할을 했고, 사진반 반장이기도 했다. 졸업 후 잡지사 기자가 된 뒤에는 회사 생활로 많이 힘

들어하는 나를 불러내 낙지볶음을 사주기도 했다. 아직도 그 낙지볶음을 잊지 못하는 건 내가 처음으로 친구의 격려라는 것을 받아본 것이 그때였기 때문이다.

　호주에서 뭘 했냐고? 뭘 안 한 것도 아닌데, 딱히 한 것도 없다. 남들 같으면, 아니 지금의 나라면 2주간 호주 한 바퀴를 돌며 주요 스팟에서 부지런히 사진 찍고 대자연을 만끽했다며 SNS에 올리겠지만, 그때 나는 잠시 호주에 연착 중이었다. 다음 차가 오기를 기다리며 그저 천천히 시간에 체류 중이었다.

　와인을 잔뜩 마시고 오후 4시쯤 일어난 적도 있고, 시드니 시내에서는 퀸 빅토리아 빌딩의 거꾸로 매달린 시계탑에 감탄하다가 명품샵이 늘어선 아케이드에서 절망하기도 했다. 무슨 생각이었는지 호주 건설 당시 죄수들이 지내던 수용소를 구경하기도 했다. 하버 브리지도 잠깐 걷다가 나왔고, 오페라 하우스도 이상한 각도로 찍은 사진 몇 장이 전부다. 그나마 주말에는 친구 부부 덕분에 더블베이에 가서 피시 앤 칩스도 먹고, 배도 타보고, 유명한 미트파이도 먹었다. 희한한 건 그렇게 할 일 없이 시간낭비(?)하고 온 여행이 가끔 그립다는 사실.

호주에 다녀온 후, 몇 군데 회사로부터 콜을 받았다. 도망치듯 다녀온 여행 뒤에는 꼭 좋은 일이 기다리고 있다는 '내 법칙'의 시작이었다.

몰타로

야반도주

　내 인생의 커다란 변화는 두 번쯤 있었는데, 그 처음은 한밤중에 도둑을 맞은 일이다. 모시는 고양이들, 하는 일, 자동차, 사는 곳, 습관과 게으름 등 지금의 내가 되기까지의 과정을 거슬러 올라가면 그 끝에 그날 밤의 일이 있다.

　그 일이 있은 후 옮긴 직장은 내 나름의 계획이었다. 헤드헌터로부터 제안받은 두 곳은 이름 있는 주류 회사와 성장세에 있던 학원 기업이었다. 내 비록 교육공학과 출신이지만 그때까지만 해도 교육 사업에는 관심이 없던 터라, 알 만한 학부모는 다 안다는 이 학원에 대해 아는 바가 전혀 없었다. 이전에 마케팅 담당자도 없었다는데, 그렇다면 내가 가서 처음부터 만들어야 하는 거? 그래서 이 회사를 택했다. 짧은 시간 안에 다양한 마케팅 활동을 '하고 싶은 대로' 할 수 있을 것 같았고, 이후 독립을 위한 준비도 되겠다 싶어 3년쯤 다녀보자 생각했다.

매일매일 새로운 일이었고, 실패는 없었다. 하루에 14시간씩 일을 했고, 한창 바쁠 때는 밥도 화장실도 생략하며 의자와 한몸이 되어갔다. 부작용이라면 3년 후로 계획했던 회사와의 이별이 1년이 되어버렸다는 것. 손발이 저리기 시작했고, 가슴이 뛰고 머리가 아파왔다. 물리치료를 6개월이나 받고도 한참 동안 침, 약물, 추나요법 등의 치료를 더 받아야 했다. 운동 중독이었던 내가 둥실둥실 살이 오른 것도 이때부터다.

와중에 두 번쯤 도망을 갔다. 한 번은 주말에 몰래 홍콩을 다녀온 것이고, 다른 한 번은 휴가와 휴일을 이것저것 붙여 뻔뻔하게 다녀온 몰타 여행이다. 이번에도 단순한 이유로 택한 여행지였다. 몇 년 전 급히 떠난 이집트 다국적 배낭여행에서 한 친구가 '몰타!'라고 하길래 적어두었던 단어다. 생소하니 가볼까? 늘 이런 식이다.

한국에서 직항은 당연히 없다. 두바이에서 비행기를 갈아타고 몰타로 가는데, 와중에 사이프러스라는 섬에 잠깐 들러 사람을 태워 간다. 사이프러스? 맞다. 다음 여행 목적지이다. 다만 사이프러스 여행은 아직 지체 중이다. 그러니까 나의 몰타행은 심신미약의 극치에서 떠난 야반도주와도 같았다.

나는 회사 MT에 맞춰 휴가를 받아 팀원들을 MT 장소까지 태워주고는 직원들이 족구하는 틈을 타 빠져나왔다. 재빠르게 집에다 차를 놓고, 아침에 실어두었던 트렁크를 꺼내 공항으로 갔다.

짐가방에서 가장 많은 부분을 차지하는 건 약이었다. 감기 몸살약, 소화제, 진통제, 파스, 핫팩, 허리 보호대 등 온갖 약을 바리바리 챙겨넣었다. 온몸 어느 한 군데 자신할 수 없는 상태에서 그먼 여행을 계획했다는 것 자체가 무모했다. 도둑맞은 지 몇 년 되지 않은 터라 늘 잠을 못 잤고, 프리랜서를 계획 중이었기에 정신 차리고 한 푼이라도 더 모아야 하는 상황이었다. 이런 와중에 아는 사람 하나 없는 지중해 한가운데 섬으로 아는 것 하나 없이 떠났다. 짧은 시칠리아 여행까지 끼워넣고 말이다.

여행지에서 첫날은 늘 비슷하다. 어떻게 한 번의 예외도 없이 길을 잃어버리는지. 버스에서 한 정거장 먼저 내렸고, 그 대가로 두 시간 정도 골목을 돌고 돌아 마침내 숙소에 도착했다. 작은 호스텔은 아주 깔끔했고, 운영자가 시간을 철저히 지키는 게 특징이었다. 약속한 시간보다 일찍 도착하거나 늦으면 얄짤없이 기다려야 하며, 심하면 체크인이 어렵다. 난 길치의 대가를 치르느라 주인장이 문 닫고 퇴근할 즈음에야 겨우 도착하여 집 열쇠와 방을 안내받을 수 있었다.

그런데 열쇠 사용법이 조금 어려웠다. 자꾸 헛바퀴를 도는 느낌에, 적당한 데서 딸깍 소리가 날 듯도 한데 그런 신호도 없다. 어디까지 열쇠를 밀어넣어야 할지도 모르겠다. 그게 이 집의 첫 허들이라는 것을 잘 아는지 주인장은 손님이 올 때마다 대문 열쇠 사용법을 자세히 설명해주었고, 자신이 먼저 시범을 보인 뒤 손님이 한번 해보게 하는 오리엔테이션을 잊지 않았다. 이 사실은 그 일이 있고 난 후 내가 살펴본 내용이다. 그리고 나에게도 시련이 오고야 말았다.

가방을 던져놓고 간 곳은 발레타였다. 발레타는 몰타 여행의 시작과 끝이라 해도 과언이 아닌 이 섬의 중심지이다. 몰타는 작은 섬나라이다. 전국의 버스는 발레타 버스 터미널에 집결하고, 대통령궁, 대성당도 다 여기에 있다. 여행 전 찾아본 정보에서 이곳의 대표적인 음식은 토끼고기 튀김이라고 했다. 이전 같으면 한 번쯤 시도했겠지만, 심신미약 야반도주자였던 나는 토끼고기는커녕 햄버거도 소화가 안 되어 상상조차 아껴야 할 판이었다.

평소엔 혼자서도 잘 먹지만 그날따라 혼자 먹는 저녁이 용기가 나지 않았다. 모든 게 허약했기에 '왜 여기까지 왔나?' 후회를 안고 숙소로 향했다. 유일한 기쁨은 해가 지기 전 버스에 앉아 아름다운 몰타를 구경하는 것. 버스 드라이빙은 우울한 마음에도 빛을 주었다. 마치 비행기를 타고 중세로 날아온 것 같았다. 모든 건물은 베이지색이었고, 고풍스런 유적들이 무심한 듯 늘어서 있었다.

'신약성서의 바울이 풍랑을 만나 떨어진 곳이 몰타다. 이곳에

카타콤(기독교인들의 무덤)이 있다. 십자군 원정 중에 요새를 만들었던 곳이다. 그래서 성 요한 성당에는 유럽 8개 나라 양식의 예배실이 있고, 성당 바닥에 십자군들의 무덤이 있다. 이탈리아 바로크 시대 대표적인 화가 카라바조의 대형 작품인 〈성 요한의 참수〉도 여기 있다. 가끔 성 요한 성당 옆 대통령궁으로 들어가거나 나오는 대통령도 만날 수 있다.'

이런저런 정보들을 되뇌며 숙소 정류장에 도착했다. 두 번째인 만큼 이번엔 제대로 내렸고, 골목을 올라 숙소에 이르렀다. 이제 해가 떨어지려고 한다.

문제의 열쇠를 꽂았다. 안 열린다. 더 깊이 밀어넣어 보았다. 돌아가질 않는다. 오른쪽으로 돌려본다. 헛도는 느낌이다. 다시 왼쪽으로 돌려본다. 이 또한 결과가 없다.

역시 섬 날씨는 변화무쌍하다. 찬바람이 불기 시작하고 곧 어둠이 내려올 기세다. 사장은 퇴근했고, 방을 안내받을 때 투숙객도 나 외에 한 명이었다. 이후에 누가 들어왔는지는 모르지만.

문을 두드릴까? 문을 열고 좁은 복도를 따라 들어가 높은 계단을 올라가면 3층이 객실이다. 그곳에 커뮤니티룸이 있다. 1층 식당은 아침에나 사람이 모일까 불이 꺼진 상태였다. 1층에는 누가 있을 수가 없고, 객실까지 문 두드리는 소리가 들릴 리 없고, 골목에는 아무도 없다. 아니 골목에 누가 있는 게 더 무섭겠다. 외출한 사람들이라면 이제 식사를 막 시작할 테고, 이 애매한 시간에는 운이 좋아야 안에 사람이 있고, 여기에 운이 더 좋아야 그 사람이 심심해서 1층에 내려올 테고, 여기에 천운이 더해져야 내가 문 두드리는 소리를 듣고 의심없이 문을 열어줄 것이다.

다시 내려가서 어디 저녁이라도 먹고 와야 하나? 아, 나 좀 아프려고 하는 것 같은데? 추워. 그리고 다시 내려가기 싫어. 그런데 정말 아무도 없으면 어쩌지? 최악의 경우 다른 호텔에서 자야 할지도 몰라. 이 여행은 도대체 뭐야? 여기 내가 왜 와 있는 거야?

순간 너무나 초조했다.

그즈음은 핑곗거리만 있으면 스스로를 불쌍해하던 시기였다. 습관처럼 등장한 자기 연민은 오래된 영국식 열쇠 앞에서 조금씩 마음을 구기고 있었다.

이때 갑자기 나타난, 키 큰 은발의 할아버지. 열쇠 구멍만 보고 있던 터라 옆에 누가 와 있는지도 몰랐다.

"호 호 호!"

산타 할아버지의 공명이 들리는 것 같았다. 부드럽고 착한 웃음이다. 할아버지가 '호우, 호우, 호우~' 하며 내게서 열쇠를 받아 구멍에 꽂으니 챠르르 문이 열렸다. 할아버지는 '흠흠'인지 '호호'인지 알 수 없는 소리로 잔뜩 긴장한 나를 바라보았다. 무슨 이야기를 했었나? 할아버지는 '걱정 마, 아가.' 하는 눈빛으로 머리를 톡톡 쓰다듬더니 홀연히 옆집으로 들어갔다. 뭐가 지나갔나? 유령인가? 어쨌든 문이 열렸다.

가만 있자, 할아버지가 내 머리를 쓰다듬은 적이 있던가? 친할아버지는 일찍 돌아가셔서 뵌 적이 없고, 외할아버지와는 그리 친할 기회가 없었다. 아니 할아버지까지 가지도 않는다. 나이든 성인 여자, 아니 성질 더러운 팀장의 머리를 쓰다듬을 수 있는 사람이 과연 몇이나 될까?

무모한 여행, 길치의 첫날, 낯선 곳의 바닷바람이 몸과 마음을 딱딱하게 했고, 난 주눅들었으며, 작은 문제에 크게 절망하고 있었다. 할아버지는 내 안의 어린아이를 소환했고, 난 금세 편안해졌다. 나도 모르게 아랫배가 뭉클하며 눈물이 핑 돌았다. 천사였나? 지금도 그때를 생각하면 고속 촬영한 뮤직비디오 속으로 빨려들어가는 것 같다.

몰타의 수도 발레타

몰타의 옛 수도 임디나 골목

# 내 마우의

# 시작은 몰타

몰타에서 첫 밤을 가수면 상태로 보냈다. 그 시기엔 늘 그랬으니까 특별히 시차라고 하진 않겠다. 호스텔 아침 시간은 멀었고, 그 시간에는 주인장이 와 있을 테니 문을 못 열어도 문제는 없겠다. 평소엔 절대 하지 않지만 여행에선 가끔 하는 일, 아침 산책에 나섰다.

골목을 내려오니 길 건너 바닷가에 조깅 트랙이 잘 되어 있다. 바닷바람이 생각보다 차다. 그나마 바람이 덜 부는 벤치를 골라 잠시 앉았다 가기로 한다. 그런데 저쪽에서 시커먼 고양이가 다가온다. 사진을 다시 찾아보면 귀여운 고양이인데, 그때 내 눈에는 그냥 시커먼 도둑고양이였다. 눈빛이 영 불량스러운 게 당장 공격

이라도 하려는 듯 나를 똑바로 보며 성큼성큼 다가온다. 길거리에
서 만나는 모든 생명을 무서워하던, 도시의 건물 안에서만 지내
던 나는 그날의 고양이가 길거리 불량배로 느껴졌다. 설마 너, 나
물 거니? 할퀼 거니? 가만히 앉아 있으면 지나갈 거니? 고양이 언
어에 대해 전혀 알지 못했기에 죽은 척이라도 해야 하나 오만 가
지 생각을 했다. 뛰어 도망가면 무섭게 달려들지도 몰라. 그러니 가
만히 숨쉬지 말고 있어보자.

　녀석은 '그래, 알겠니? 이 구역은 내 거야!' 하는 눈빛으로 아무
렇지도 않게 다가오더니 벤치로 풀쩍! 아, 오금이 저린다. 숨을 더
참아보기로 한다. 녀석이 내 다리에 몸을 기대고 앉았다. 응? 너
뭐야, 왜 내 옆에 앉아? 몸을 이리저리 비벼대며 내 다리의 온도
를 체크한 녀석은 아예 본격적으로 허벅지에 몸을 밀착시켜 앉는

다. 고개 돌려 먼산을 바라보는 것은 녀석의 마지막 자존심인가 보다. 찬바람 부는데 인간 난로가 보여서 온 걸까? 난 아직 적응이 되지 않았는데 녀석은 '너 같은 애들이 제일 쉬워.' 하는 투로 자리를 잡았고, 마침내 졸기 시작한다.

바짝 긴장한 나는 다리를 내어주고 얼음. 내가 고양이 옆에 앉다니! 이런 기념비적인 날은 남겨야겠다. 조심조심 카메라를 꺼냈는데, 녀석은 어찌나 편안한지 그러거나 말거나다. 셔터 소리도, 잠깐 움직인 인간 다리도 노 프러블럼, 쌔근쌔근 잘도 잔다. 길거리 생활이 고된지 귀에 상처도 있고, 털도 고르지 않다. 겁 많은 나는 감히 손을 대보지도 못하고 냥님이 깨어날 때까지 숨죽여 기다렸다.

이후에도 몰타에서 여러 고양이를 만났고 난 조금씩 고양이란 생명에 익숙해졌다. 지금은 두 분의 냥이님을 모시고 사는 집사가 되었는데, 시작은 그때부터라 여긴다. 나의 첫 고양이 마우는 몰타에서 인상 깊게 보았던 고양이와 비슷한 옷차림(털 모양)을 보고 고민 없이 모셔왔다. 다시 보니 몰타 첫 아침에 만났던 그 녀석과도 비슷한 데가 있다. 내 사랑하는 마우의 시작, 심신미약 여행자를 위로했던 몰타섬 고양이들에게 감사를 표한다.

시칠리아,

토토는 안녕하신가?

몰타에서 이틀 후 시칠리아행 비행기를 탔다. 나름 옹골찬 일정을 만들어 야심차게 계획한 '여행 in 여행'이었다. 다시 돌아올 호스텔에 큰 짐을 맡기고, 작은 짐을 만들어 시칠리아로 떠났다.

그런데 4박 5일 일정이 반 이상 날아갔다. 밤비행기로 시칠리아에 넘어와 공항 근처 B&B 투숙, 다음날부터가 본격적인 일정이었다. 첫 번째 일정은 트라파니로 가서 유럽 최대, 최고의 염전을 구경하는 것이었다. 여기저기 알아보니 염전에 가려면 새벽에 출발하는 일일 버스투어가 정답이라는 결론이었다. 아, 이런! 트라파니는 넓다. 버스투어 일정은 생략하고 결과물만 블로그에 올려놓은, 앞서 다녀간 이들이 원망스럽기까지 했다. 그렇다면 트라파니 염전은 패스, 팔레르모로 빨리 넘어가자.

기차와 버스, 선택은? 아무래도 기차가 빠르겠지? 탑승 시간까지 빈둥빈둥거리다 기차에 올랐다. 혹시 팔레르모에 내리지 못할까 봐 불안불안, 뒷자리 청년들에게 물어본다. 그런데 뭐라는 거야? 나는 다시 한번 몇 시쯤 도착할 것 같은지 묻는다. 뭐라고? 대충 시곗바늘을 가리키는 게 두 시간쯤 걸린다는 소리 같다. 책에서도 두 시간 반쯤 걸린다고 했는데 이미 두 시간 지난 지가 한참이다. 청년들은 기차에서 내렸고, 아주머니가 탔다. 조급증이 나서 또 물어본다. 뭐라뭐라……. 몰라몰라……. 사방팔방 이 사람한테 물어보고, 저 사람한테 물어보고……. 기차칸에 있는 모든 사람이 내가 어디 가는지 알 지경.

드디어 팔레르모에 도착했다. 아, 아주머니 말은 종착역이란 뜻이었나 보다. 걱정 말고 한숨 푹 잤어도 될 일이다. 그런데 두 시간 반은 무슨, 네 시간도 더 걸렸다. 기차가 뭐 이래? 기차의 비밀은 마지막날 머물렀던 숙소 주인장이 알려줬다. 시칠리아는 기차보다 버스란다! 버스가 시간 딱딱 맞춰준단다. 그리하여 시칠리아 4박 5일 중 1박 2일은 길거리에서 물어보고, 물어보고, 물어봄에다 썼다.

꼬이기 시작한 일정은 꼭 가고 싶었던 팔라조 아드리아노마저 포기하게 만들었다. 이곳은 영화 〈시네마 천국〉의 배경이다. 어린 토토로 나왔던 배우가 이 마을 입구에서 슈퍼마켓을 운영한다고

들었다. 그 친구 사인도 받고, 맥주도 한 잔 같이 하고 싶었다.

　사실 이 일정이 내가 생각했던 시칠리아 최고의 미션이었다. 대중교통으로 가려면 다음날 버스를 타야 하는데, 다시 나오는 일정 등을 생각하면 몰타로 돌아가는 비행 스케줄 맞추기가 조금 불안했다. 지금까지 허탕치고 다니면서 교통 사정이 내 생각과 다르다는 것을 깨닫고 있었으니 소극적인 스케줄링이 될 수밖에 없었다. 결국 기대가 컸던 팔라조 아드리아노도 포기.

　팔레르모가 마피아의 본거지라지? 팔레르모에서 묵을 계획이 아니었기 때문에 숙소도 예약되지 않았던 상태다. 겨우 찾아간 숙소에서는 옆방 침대를 옮겨와 도미토리에 자리 하나를 내주었고, 밥을 먹으러 나가려 하자 사장은 가방을 앞으로 메라고 했다. 사방을 주시하며 살금살금 걸어나가 '이태리 본고장' 피자 한 판을 서둘러 먹고 들어왔다.

팔레르모에서는 되는 일이 하나 없었다.

여행 중에 우체국 가기를 좋아하는 난, 미리 지인의 주소를 적어오거나 나 자신에게도 엽서 한 장씩을 보내는 나름의 감성놀이를 하곤 한다. 뭔가 현지 생활자들이 모여 있는 곳을 들여다보는 게 재미있다.

팔레르모 둘째 날, 스페어 일정으로 생각했던 체팔루에 가기로 하고 표를 샀다. 한 시간 반쯤이 남아 우체국을 찾았다. 번호표를 뽑고 기다리는데 도저히 줄이 줄지를 않았다. 차림새가 마치 '마피아 2인자'쯤 되어 보이는 어르신이 우체국 직원과 한 시간쯤 이야기를 나누는 거다. 사람들은 점점 많아지고 다들 자기 번호 뜨기만을 기다리니 결국 우표 한 장을 사지 못한 채 서둘러 플랫폼으로 향했다. 상황은 다음날도 마찬가지, 결국 팔레르모 우체국 소인이 찍힌 엽서는 부치지도 받지도 못했다.

'꿩 대신 닭'으로 선택한 체팔루는 예상보다 훨씬 좋았다. 다만 이 또한 머무는 시간이 짧아 아쉬움만 가득. 나중에 안 사실이지만 내가 지나쳤던 여러 스팟은 하나씩 천천히 감상해도 좋을 만한 곳들이었다. 체팔루는 다시 봐도 너무나 예쁜 마을이었다. 얼마 전 여행 프로그램에 나온 체팔루는 드론으로 촬영하여 또다른 아름다움을 보여주었다. 빠른 인서트컷에서 내가 식사했던 해안가 식당이 휙 지나가는데 어찌나 반갑던지.

다음날, 마지막 계획을 이루자는 기대를 안고 카타니아로 도시를 옮겼다. 그리고 결국 '계획대로' 타오르미나에 다녀왔다. 타오르미나는 영화 〈블루 라군〉을 보며 점찍어놓았던 곳이다.

절벽 마을로 향하는 버스는 오르막과 내리막 곡예운전을 하며 시칠리아 해안가의 절경을 선사했다. 아침부터 서둘렀기에 마을 꼭대기 원형 경기장이 문을 열기 전부터 기다렸다가 마침내 입장했다. 여기저기 자리를 옮겨 앉아보기도 하고, 단체 여행자 해설을 귀동냥으로 듣기도 했다. 지중해 국가들은 서로간 침략의 역사가 있었던 터라 해안이 잘 보이는 절벽에 극장을 만들었다고 한다. 바다를 등지고 무대를 설치하여 긴 서사시가 계속되는 와중에도 해안가로 침투하는 적들을 경계했다는 것. 객석의 각 열은 그리스의 신들을 상징한다.

가장 신기하고 놀라운 것은 야외무대의 음향 시스템이다. 벽을 어떻게 어떻게 만들어 어찌어찌하여 소리를 내면 울림이 생긴다고 하는데, 세계 어디서나 그리스식 극장을 여행하는 사람들은 박수를 친다. 음향 시스템의 확인이랄까. 가끔 노래도 부른다. 언젠가 터키에서도 요르단에서도 보았던 모습이다. 로마가 크긴 컸구

시칠리아 북부의 해안도시 체팔루

타오르미나 그리스식 극장

나, 감탄하는 사이 어김없이 등장한 고양이. 내 다리에 한참 등을 부비부비 하더니 어느새 저쪽 열에 앉아 있는 노신사와 마음이 맞았다. 떠나가버린 고양이를 먼발치에서 구경하고, 객석에서 바다를 향해 멍때리다가 골목으로 나왔다.

타오르미나 골목은 보이는 곳마다 얼마나 아름다운지 사람들은 카메라를 가슴 앞에 두고 셔터를 연사하며 걷고 있었다. 이 섬이 마피아의 본고장인 시칠리아인지라 길거리 악사는 영화 〈대부〉의 메인 테마를 끝없이 도돌이 연주했고, 며칠간 길거리에서 보낸 날들을 보상해주는 듯한 행복이 밀려왔다.

그런데 메시나에 갈 생각은 왜 했을까? 버스를 타고 메시나까지 갔다가 버스에서 내리지도 않고 숙소로 돌아왔다. 분주한 일상에서 도망치듯 떠나온 여행이었지만 몸에 배어 있던 패턴을 버리지 못해 4박 5일 동안 뭔가 해야겠다는 마음만 앞서 있었던 것. 그런 탓에 버스와 기차에서 시간을 흘려보낸 것이 못내 아쉽다. 조금만 느긋했더라면 체팔루도 타오르미나도 더 느끼고 더 많이 행복했을 텐데.

한동안 시칠리아에서 보낸 시간들을 두고 '공부가 부족했던 여행'이라고 자평했었다. 공부를 안 했고, 준비가 부족했고, 그곳의 지리와 교통사정을 몰라서 시간을 버렸다고만 생각했다. 그런데 돌아보니 중간중간 소소하고 재미있는 일들이 많았다. 다만 조급한 마음 때문에 즐기지 못했고 여정의 가치를 폄하했던 것. 그리

타오르미나 골목

짜임새 있는 사람이 아님에도, 하는 일이 광고이고 마케팅이고 기획이다 보니 여행에서도 무언가 엇비슷해야 한다는 어쭙잖은 의식에 사로잡혀 있었던 건 아닐까?

가장 유치한 건 모든 일을 '실패와 성공'으로 양분하는 것이다. 무언가를 평하고 나누는 기준으로부터 자유로워지는 과정이 내 쌓여가는 여행들이고, 이를 통해 내 생각도 조금씩 달라지고 있다. 도망치듯 몰타로 떠난 나는 시칠리아에서 방황했고, 다시 돌아온 몰타에서 여전히 주눅들어 있었다.

물론 사진과 블로그에는 좋았던 기억만, 연재하던 잡지 칼럼에는 아름다운 풍경만 가득하다. 그럼에도 불구하고 찌들어 있던 자기 연민을 꺼낸 건, 나의 모습을 그 여행을 통해 바로 보았다는 고백이다.

# 3.

두 번의

미 얀 마

◆

# 이게 대체

# 누구 여행이야?

그 언니와의 멕시코는 확실히 충격이었다. 미디어와 교육을 통해 얻은 정보가 내 머릿속에 어떤 편견을 만들었는지 알게 되었고, 마야와 아즈텍 문명에 감탄했고, 돈 떨어져 생고생했다.

난 환경과 사람의 영향을 많이 받는 인물인지라, 언니와 함께한 시간이 한동안 내 여행 패턴을 확 바꿔놓았다. 멕시코 이후 몇 년 간의 여행은 계획과 미션의 연속이었고, 짠돌이 살림에 엄청 바쁘게 다녔으니 생각해보면 나처럼 느릿느릿 꾸물꾸물이 어떻게 그리 치밀하게 헤집고 다녔나 믿어지지 않을 정도다.

그렇게 그 언니 물이 잔뜩 든 상태로 떠난 첫 여행지가 미얀마였다. 멕시코에 다녀온 후 얼마 지나지 않아 추석 연휴가 다가왔고 때를 놓칠세라 나는 또다른 여행지를 모색했다. 언니가 다시 제안해왔다.

"세진아, 미얀마 가지 않을래?"

어? 어떻게 알았지? 미얀마는 꼭 가보고 싶었던 여행지다. 언젠가 다큐멘터리에서 본, 들판에 끝도 없이 흩어져 있는 수천 개의 사원이 인상적이었던 곳이다. 그때 꿈꿨던 바간이 미얀마의 여행지 중 한 곳이다. 더 오래 전으로 거슬러 올라가면 전두환 군사정권 시절에 정부 인사가 한꺼번에 참사를 당한 곳이기도 하다. 그때는 이름이 버마였는데 이름을 미얀마로 바꿨다. 우린 '론리플래닛 미얀마' 편을 여행의 길잡이로 삼았다. 론리플래닛 또한 그 언니 영향이었다. 언니는 론리플래닛의 정보를 여행 때마다 절대 신뢰했다.


또다시 언니의 지휘 안에 들어간 나. 우린 함께 여행 계획을 세우기 시작했다. 그런데 이번엔 좀 달랐다. 배움이 빠른(?) 편인 나는 언니의 방식을 완전히 학습한 상태여서 나름 '계획적으로' 여행을 준비하고 있었다. 그런데 언니는 자꾸만 간다, 안 간다를 반복하며 계획을 수정하게 만들었다. 떠나기 이틀 전까지도 여전히 애매한 신호를 보내, 숙소는 도착지인 양곤만 정해둔 채 결국 나 혼자 비행기에 올랐다. 내 평생 불안했던 기억을 꼽으라면 이날이 세 손가락 안에는 들 것. 차라리 처음부터 혼자였으면 이 정도는

미얀마의 중심부를 흐르는 에야와디강

아니었을 것이다.

언니는 일단 미얀마에 도착한 뒤 통화를 하자고 했다. 같이 다니자는 건지 말자는 건지 도무지 예측할 수가 없으니 일정을 어떻게 해야 할지 난감했다. 원래 유약한 성격인지라 '일단 없다 치고, 내 스케줄대로'가 잘 안 된다. 그러니까 나란 인간이 '신경 끄기'가 안 되는 사람이다. 이런 경우 안 온다고 보는 게 일반적인데, 이 언니가 또 정말 올 것처럼 말한다. 도착해서 어떻게 시내로 들어갔는지 알려달라고 하고, 어느 숙소에 묵었고, 어디로 갈 건지 말해달라고 하고……. 몸은 이미 양곤에 와 있는데 언니와의 끈은 그렇게 이어지고 있었다.

계속해서 경우의 수를 두 개씩 생각해야 했다. 모든 일정을 언니가 올 경우와 오지 않을 경우로 나누고, 호텔에서 외출할 때도 프런트에 꼬박꼬박 쪽지를 남겼다.

그럼에도 불구하고 미얀마는 나에게 '피이쓰'를 선물했다. 그곳에서 좋은 사람들을 만났고, 유약한 나를 조금씩 신뢰하는 방법을 배웠다. 하루, 이틀, 사흘……. 시간이 흐를수록 나를 믿고 나에게 의지해 작은 기쁨을 누렸다. 가는 곳마다 소중한 인연들을 하나씩 만들었고, 내 맘은 '강 같은 평화'를 찾았다.

# 늦은 오후의 햇빛을

# 좋아하나요?

양곤에서 첫 밤을 보내고 인레호수로 갔다. 오후에 도착해 숙소에 카누 뱃사공을 문의했다. 카누를 타고 냥쉐 주변을 둘러보다가 일몰을 보고 싶다고 말하니 숙소 주인장이 '어서 옵쇼!' 하는 얼굴로 준비된 뱃사공을 잽싸게 방으로 보내줬다. 너 아까 나 들어올 때 짐 챙겨준 소년 아니니? 아홉 살쯤 됐을까? 설마 이 아이는 아니겠지?

매니저인 '뎅기'가 햇빛이 강하다며 밀집모자를 씌워주자 소년은 날래게 뛰어가 카누를 준비한다. 아직 해가 떨어지려면 세 시간은 기다려야 할 것 같은데 너무 서두르는 건 아닌가? 카누 비용으로 약간의 실랑이가 있었고, 숙소에서는 손님 마음 바뀔까 서

둘러 소년과 나를 물가로 내보냈다.

디뚱디뚱 최대한 몸을 낮추고 카누에 살살 올라타는데 소년이 손을 잡아준다. 그런데 뱃사공은 언제 오니? 음? 네가? 노를? 잡는 거니? 이름은 뭐니? 나이는? 손짓 발짓 소년에게 물으니 열세 살이라고 한다. 이름은 여러 차례 다시 물었지만 발음을 할 수 없어 몇 번 되뇌다 또 잊었다. 열세 살이 아홉 살처럼 보이는 건 체형도 체형이지만 영양 부족 때문인 것 같았다.

아이들은 말만 할 수 있으면 여행자들에게 다가와 돈을 달라고 한다. 캄보디아에서도 그랬고, 여기도 마찬가지다. 분명 이 아이는 말도 안 되는 보수를 받을 것이다. 그나마 구걸을 하는 것보다는 안정된 직장이다. 어떤 도움도 줄 수 없는 내가 감히 '소년의 노동'에 대해 말할 수나 있을까? 아이를 '어엿한 뱃사공'으로 믿고 이 시간을 즐겨보기로 한다.

이것도 일종의 투어 프로그램인지라 쇼핑이 있다! 작은 담배공장, 바나나잎으로 말아 피우는 담배가 유명하다. 담배 묶음이 예뻐서 50개짜리 하나를 샀다. 흡연자 친구들에게 몇 개비씩 나눠주고 필통에도 꽂아둘 셈이었다.

상표도 포장지도 없는 바나나잎 담배 묶음은 이후 다시 호수를 방문했을 땐 찾을 수 없었다. 그때도 담배공장에 들렀지만, 스티커가 붙고 봉투에 넣어진 바나나잎 담배는 그날의 그것처럼 예쁘지 않았다. 나 또한 광고를 만드는 사람이고 마케터로 브랜딩깨나

인레호수의 뱃사공

인레의 기념품인 바나나잎 담배

했지만, 이곳의 매력이 포장이 아닌데 왜 이들은 대형 브랜드를 흉내낼까 아쉬웠던 기억만 가득하다. 그때 사온 담배를 동료들에게 선물했는데 필터 위치를 몰라 거꾸로 피우다가 한 모금도 빨지 못한 채 버렸다는 친구도, 맛이 괜찮았다는 끽연가 친구도 있었다. 예쁜 담배를 버리다니! 아깝다. 기념품은 나에게 단 두 개비 남아 있다가 제주로 이사할 때 어디론가 사라졌다.

소년이 준비한 다음 코스는 작은 사원이었다. 미얀마 이틀째에 사원은 벌써 세 군데쯤 들렀다. 이후 바간 스케줄에서는 수천 개의 사원을 볼 예정이다. 안내한 소년의 성의를 봐서 적당히 감탄하고, 사진도 찍었다. 아이와 나에게는 시간이 너무 많았다. 말도 통하지 않아 이 마을이 어떤지, 이 사원에 무슨 사연이 있는지 대화를 할 수도 없었다.

녀석은 결심한 듯 나를 수상가옥들이 모여 있는 작은 마을에 내려주었다. 아이들이 재잘거리며 몰려나왔다. 어떤 녀석은 물소 등에 올라타 뿔을 만지고, 서로 툭툭 치며 뛰고 잡고 깔깔깔 웃었다. 아이가 한 집으로 나를 안내했다. 자기 집이었다. 어딘가에서 읽은 기억이 있다. 트래킹 코스를 진행하다가 가이드가 집으로 초대해 식사를 하는 경우도 있다고. 이 경우는 미리 예약을 하고 밥값을 지불하여 진행하는 정식 코스다. 그렇지만 이건 달랐다. 세 시간의 기나긴 투어를 운영해야 하는 소년이 '이를 어쩌나?' 하다가 나를 자기 집으로 데려간 것이다.

사다리를 타고 올라간 집에는 소년의 어머니가 있었다. 어려 보이는 소년에 비해 나이들어 보이는 어머니. 인사를 하고 앉으니 열 명쯤 되는 아이들이 둘러앉는다. 뱃사공 소년의 동생들이다. 어머니는 차를 내오고, 손님 대접을 하려는 듯 무언가 봉지를 뜯어 그릇에 담더니 나에게 먹으라고 권한다. 울퉁불퉁하게 생긴 사탕이다. 설탕물을 끓여 굳힌 정직하게 설탕, 설탕 그 자체. 스무 개가 넘는 눈들이 그릇을 향하고 있다. 오직 내게만 허락된 간식이다.

아이들은 부러움 가득한 눈으로 나를 쳐다본다. 나는 가방을 뒤졌다. 미얀마 아이들이 사탕을 좋아한다는 이야기를 듣고 혹시 몰라 준비해온 것이 있었다. 그런데 취향이 잘못돼도 너무 잘못되었다. 그것은 폴로! 하나씩 나눠주니 얼른 뜯어 입안에 넣고는 하나같이 미간에 주름을 만든다. 다디단 설탕 덩어리를 좋아하는

꽃을 건네는 인레호수의 소년 뱃사공　　　　물소 등에 올라탄 수상가옥의 아이들

아이들에게 박하사탕이라니. 하지만 찡그림도 잠시, 금방 적응을
마친 아이들은 쪽쪽 잘도 먹는다. 내가 폴로 사탕을 먹고 아이들
이 설탕 덩어리를 먹었으면 좋았겠지만, 우린 서로에게 손님과 주
인의 예의를 지켰다. 그 어린 아이들 중 누구도 그릇의 설탕을 달
라고 하지 않았다. 그저 눈빛으로만 손님의 사탕을 탐할 뿐 울고
떼쓰는 아이는 없었다.

　사탕 다음은 사진찍기다. 아이들은 역시 사진 찍는 걸 좋아한
다. 이번엔 카메라를 주고 찍어달라고 하니 더 좋아한다. 어찌나
성심성의껏 셔터를 눌렀는지 사진이 죄다 흔들렸다. 렌즈에는 지

문이 덕지덕지다. 아이들과 놀면서 소년과 이야기를 나누었다. 아버지는 돌아가셨고, 어머니와 열여덟 살 형, 그리고 동생들과 함께 산다고 한다. 얘기를 나누는 동안 어머니는 쉼 없이 수상가옥의 벽을 짜고 있었다.

다시 배에 오를 시간, 소년은 형과 함께 노를 저어도 되겠느냐는 눈빛을 보낸다. 물론이지. 작은 소년 혼자 노를 젓는 것보다 마음이 한결 편하다. 우린 또다른 오래된 사원에 들렀다. 소년이 이미 눈치챘겠지만 난 사원에 그다지 관심이 없었다. 잠시 주지스님과 마주앉았다가 마당으로 나오니 스님들과 동네 아이들이 배구를 하고 있다.

"너 저거 할 줄 알아?"

"응."

"그럼 가서 놀아!"

말이 안 통해도 다 통하는 말이다. 이를테면 "놀고 싶니? 놀아!" 이런 것 말이다.

슬슬 해가 떨어질 것 같다. 앞뒤로 두 소년이 노를 젓고 내가 가운데 앉았다. 형과 함께 있으니 확실히 신이 나는 눈치다. 둘은 앞뒤로 노래를 부르며 좁은 수로를 오르기 시작한다. 수란이 핀 곳에서 꽃 하나를 꺾어 내게 목걸이를 만들어주고는 다시 신이 나서 흥얼흥얼. 한동안 노를 젓더니 형이 뒤를 획 돌아본다. 표정은 '이제 다 왔어.'

"선셋!"

그러더니 몸을 납작 엎드린다. 손님에게 최고의 일몰을 보여주기 위해 수풀을 헤치며 상류로 올라왔고, 시야에 걸릴까 봐 몸을 낮춘 것. 일몰은 맑고 진했다. 맑은 빛깔이 어떻게 진할 수 있는지는 나도 모르겠다. 카메라를 꺼내 오늘의 마지막 에너지를 마음껏 담아보았다. 수면은 진한 오렌지색으로 물들었고, 수풀의 그림자는 아득했다. 내가 햇빛에 취해 있는 동안에도 소년은 이리저리 배를 돌려가며 최고의 일몰을 보여주었고, 나는 물과 하늘과 수로 위 사람들의 그림자까지 놓치지 않고 가슴에 담았다.

숙소로 돌아온 뒤 소년과 어머니에게 뭐라도 주고 싶어 잠시 기다리게 한 뒤 티셔츠 한 벌을 꺼냈다. 아이들에게는 비록 인기는 없지만 가지고 있던 사탕을 모두 털었다. 소년에게 물었다.

"이름이 뭐니?"

이번에는 노트를 내밀었다. 이름을 써보라고 하니 녀석은 급히 뛰어나가 누군가에게 부탁하여 영어로 이름을 써 왔다.

'미안닝'.

인레에 있는 동안 밤과 새벽이면 어디선가 글공부하는 소리가 들리곤 했다. 아이들은 낮에 일하고 새벽과 밤에 공부를 하는 것 같았다.

여행 중에 만난 꼬마들은 여러 가지 방법으로 돈을 벌었다. 원하지도 않는 길을 안내해주고는 돈을 달라고 하거나, 보트에 꽃을

인레의 일몰

던지고 돈을 달라고 했다. 어떤 아이들은 그냥 돈을 달라고 했다.

미안닝이 조금 더 '요령' 있는 아이였으면 자기 집에 데려가 밥을 주고 밥값을 받았을지도 모른다. 긴긴 세 시간 동안 더 많은 쇼핑 장소에 데려가고, 사원에서는 기부금을 내라고 했을지도 모른다. 그렇지만 그는 아무런 요구도 하지 않았다. 호수의 일몰을 보고 좋아하는 나의 모습을 좋아했고, 더 잘 보여주려고 애썼다. 덕분에 내 기억 속 인레호수는 마음을 따뜻하게 하는, 늦은 오후의 햇빛 같은 곳이다.

미안닝, 이제 어른이 되었겠구나.

여전히 순수한 미소를 가지고 있는지.

# 또다시

# 그 언니

 

인레호수의 보트투어가 꿀이었다는 건 몇 년 후 부모님과 함께
한 가족여행에서 더 확실해졌다. 우연히 신붜의식을 목격한 것,
인데인 유적지 가는 날이 마침 동네 장날이었던 것, 그리고 인데인
유적지를 산 위에서 내려다본 것은 흔한 경험이 아니었다. 이후
부모님과의 여행에서 이와 같은 일을 전혀 경험할 수 없었으니 그
날의 '운빨'에 두고두고 놀랄 수밖에.

보트투어 하는 날 아침, 가게에 나가 '그 언니'에게 전화를 했다.
언니는 여전히 '모르겠어. 간다면 내일 가야 하는데 상황이 안 좋
아. 나 없어도 너 혼자 여행 잘해.' 대략 이런 내용을 전했다. 이쯤
되면 혼자 다닌다고 봐야지. 어쨌든 매우 만족스러운 인레호수의

시간들을 뒤로하고, 조금 일찍 헤호공항으로 갔다. 정부 인사가 오는 날이라며 숙소에서 일찍 나가라고 택시를 불러줬다. 나는 공항에서 두 시간쯤 보내다 만달레이로 가는 비행기에 올랐다.

혜호공항도 그렇고, 만달레이도 공항에서 시내로 가는 교통편이 없다. 혜호공항에서 인레까지는 운이 좋아서 6명이 승합차를 셰어했는데, 만달레이 공항에서 내리는 사람들은 온통 단체 관광객으로 보였다. 누구 마땅한 사람이 없을까? 사람들을 찬찬히 살피며 공항을 나오는데 어디선가 한국말이 들린다. 발을 멈췄다. 한국 사람이 있나?

"세진아!"

내 이름 같은데? 설마 여기서 누가 날 불러?

"아악!"

고개를 돌린 순간 한 5분은 소리를 지른 것 같다. 언니가 왜 여기서 나와? 우리는 사람들이 쳐다보는 것도 모르고 서로를 향해 고성을 발사했다.

사연은 이랬다. 언니는 아침에 양곤공항에 도착했고, 도시 양곤에 잠시도 머물고 싶지 않아 가장 빠른 도메스틱 노선을 알아본 뒤 잡아타고 온 게 만달레이행이었던 거다. 난 만달레이에서 우베인다리를 본 뒤 다음날 바간으로 떠날 생각을 한 거고.

전날 통화할 때만 해도 어떻게 될지 모르겠다며 여행 잘하라던 언니가 이렇게 극적으로 나타났으니 피차 놀라 자빠지고 있는 중이다. 혼자만의 여행으로 가닥을 잡고 느릿느릿 여유를 찾아가던 나는, 언니를 만나 또다시 엄청나게 바쁜 4일을 보내야 했다.

언니는 예약 없이 움직이는 타입이다. 론리플래닛의 핫플레이스와 맛집을 빠짐없이 다니지만 계획 없이 그때그때 만나는 사람들의 도움을 받는 편이다. 그리고 숙소를 정하는 데 시간을 많이 쓴다. 숙소는 최저가를 지향하고, 현지인들과 말하는 걸 좋아한다. 문제는, 결정장애가 있어 움직일 때까지 동행자는 꽤 기다리거나 따라다녀야 한다는 것. 이게 내가 가장 힘들어했던 부분이다.

우린 우베인다리에 갔다가 언니의 다음 일정 비행기표를 사기 위해 여행사에 들렀다. 한참을 이런저런 계산에 고민하던 언니는 결국 비행기표를 사지 않은 채 그곳을 나왔다. 만달레이 공항에서 우연인 듯 필연인 듯 만나게 된 것도 어쩌면 결정을 미루는 언니의 성향 때문이었는지 모른다.

해가 있을 때 시간을 너무 많이 써버린 탓에 쿠도도 파고다는 겨우 5분 경유, 만달레이힐 일몰은 죽기 살기로 뛰어 겨우 도착했다. 만달레이힐 아래에선 이미 해가 졌지만 미친 듯이 뛰어 올라가니 위에선 해가 보였다. 아, 평화로웠던 인레호수의 일몰이여.

저녁에는 미얀마 생맥줏집에서 술을 마셨고, 다음날 새벽 바간으로 이동했다. 바간에선 숙소에 짐을 던지고는 하루 종일 마차를 타고 파고다를 구경, 저녁에는 탑 위에 올라가 일몰을 보았다.

이제 휴식이 필요한 시간. 이미 멕시코 여행에서 학습이 되었기에 다음날은 각자 자유시간을 갖자고 제안했다. 언니는 파고다에서 만난 화가와 함께 자전거를 타러 가자고 다음날 아침까지 끈질기게 나를 설득했다. 나는 낭우시장을 구경하고 동네를 산책하다 저녁 일몰만 보러 가겠다고 단호히 말했고, 같이 저녁을 먹는 것으로 어렵게 협상에 성공했다. 언니는 숙소를 나서는 마지막 순간까지 내 손목을 끌었지만, 난 진심으로 좀 천천히 걷고 싶었다.

언니를 보낸 뒤 우체국을 찾아 친구들과 나에게 보낼 엽서를 몇 장 샀다. 바간의 탑이 그려진 엽서에 편지를 쓰고 우표를 붙이려는데 국제우편이 생각보다 싸다. 이거 제대로 가는 거겠지? 조금 불안하지만 밑져야 본전, 여기까지 오는 길이 예뻤으니 그것만으로도 충분했다.

오던 길을 돌아 낭우시장에 갔다. 시장이 얼마나 큰지 한 바퀴 둘러보는 동안 일찌감치 장사를 마치고 들어가는 사람들도 있다. 쿰쿰한 냄새가 나는 골목에선 아주머니들의 칼질이 한창이다. 여기서는 삭힌 죽순이 우리네 김치 같은 거다. 두어 번 시도해봤지만 결국 적응하지 못한 현지인 맛이다. 땅콩기름 식용유도 재미있고, 과자와 학용품을 파는 곳에는 우리나라 배우들의 사진들이 많다. 역시 한류.

지붕이 있는 시장 밖으로 나오니 난전이다. 그러니까 시장에 가게를 얻지 못하는 사람들이 장사를 하는 곳이다. 여기서 미얀마

바간 냥우전통시장

산 천연 자외선차단제라는 타나카를 사고 천천히 걸어 올라갔다. 길 끝에는 초등학교가 있다. 아이들은 점심시간에 집에 가서 밥을 먹고 다시 학교로 돌아가는 중이었다. 몇몇 아이들과 놀고 있는데 수업을 알리는 종이 울렸다. 아이들은 닫히는 교문 틈으로 급하게 빨려 들어갔다.

저녁 일몰을 보려고 다시 마차를 섭외했다. 역시 옛 바간은 마차가 제격이다. 미얀마의 일몰은 봐도 봐도 질리지 않아서 매일 저녁 여행자의 의무라도 되는 양 일몰을 찾아다녔다. 이번 일몰은 에야와디강이 보이는 곳에서 보고 싶었다. 일몰을 보기 전에 어제 언니와 사인이 맞지 않아 제대로 둘러보지 못했던 아난다 사원에 다시 갔다. 늦은 오후의 해를 받은 백색의 사원은 역시 너무나 아름다웠다. 좋은 것은 한 번 보고, 두 번 보고, 아침, 점심, 저녁 때마다 봐야 더 깊이 보인다.

시간이 되어 마부에게 강이 함께 보이는 일몰포인트로 안내해달라고 부탁했다. 마부가 안내한 곳에는 두 개의 탑이 나란히 있었다. 그중 강에 가까운 곳을 선택해 드디어 에야와디강의 일몰을 감상할 수 있었다. 아주 부드러운, 고요한 해내림이었다. 일몰포인트로 유명한 곳이 아니어서인지 한적하고 고요했다.

나 말고는 한 명이 더 있었다. 왜 그렇게 보였는지 모르지만 내 눈에는 영락없는 한국인이었다(나중에 사진으로 보니 영락없는 중국인인데). 반가운 마음에 인사를 했지만 돌아온 중국말에 당황, 통성명을 하고 이야기를 나눠보니 이날 일정이 나와 거의 같았다. 오전에 우체국에 갔고, 강의 일몰을 보러 여기 왔다고 했다. 다른 점이 있다면 그녀는 걸어서 여기까지 왔다는 것. 금세 마음이 통한 우리는 마부에게 돈을 조금 더 지불하고 함께 마차를 타고 돌아왔다.

그녀와 헤어진 뒤 숙소로 돌아와 언니에게 전달할 메모를 데스크에 남기고는 점찍어둔 레스토랑에 갔다. 앗, 아까 만났던 중국인 오치시아도 식당에 와 있다. 신기하게 같은 곳에서 다시 만난 우리는 저녁 식사를 함께했고, 뒤늦게 언니가 합류했다. 그리고 몇 년 후 그녀가 찾은 서울에서 우린 또 저녁을 함께 먹었다.

언니와는 바간에서 헤어졌다. 나는 양곤으로 돌아갔고, 언니는 내가 다녀온 인레호수로 갔다. 언니와 함께한 4일이 나에게는 폭풍과도 같았는데 언니는 어땠을지 모르겠다.

나와 헤어진 언니는 인레호수에서의 후일담을 전했다. 보트투어를 했는데 숙취로 보트에서 잠든 사이 나머지 일행이 인데인 유적지에 다녀왔다는 거다. 숙취가 아니어도 피곤한 건 어쩔 수 없으니까. 인레호수 보트투어의 하이라이트를 날려버린 뒤 나중에 보트맨에게 컴플레인을 하니 '어쩌라구? 너를 깨웠는데 일어나지 않았어.'라는 말만 돌아왔단다. 난 그저 깔깔깔 웃기만 했다. 그리고 그것이 그녀와의 마지막 여행이었다.

최근 언니가 많이 아프다는 소식을 들었다. 언니가 하루 빨리 건강을 회복해서 예전처럼 사람 한없이 기다리게 하고 피곤하게 해서 황당 에피소드를 만들곤 하던, 밉지만 미워하기 힘든 그 모습을 다시 보여주었으면 좋겠다.

# 평생 효도

## 한 방

　우리 가족은 여행을 좋아한다. 부모님이 대학 시절 산행 동아리에서 만나 결혼한 거나, 내가 세 살 때 북한산 바위에서 굴러 눈썹이 찢어진 것도 다 여행 때문이다. 학교 다닐 때 가세가 기울어 형편이 어려웠지만 부모님은 우릴 데리고 어디라도 가셨다. 경복궁, 북한산, 강원도 같은 곳은 우리 가족의 단골 여행지였다. 생각해보면 우리가 여행하지 않았던 기간이 가장 어렵고 가난했던 시절이다.

　지금껏 '효도여행'을 두 번 해봤다. 여기서 효도여행이란 '자식이 경비를 모두 부담하는 것'으로 일단 정의해야겠다. 부모님과 여행을 같이 떠나는 걸 '효도'로 카운트하기엔 부모님이 우릴 '모시고' 다닌 적이 많으니 말이다.

직장생활 2년차에 엄마와 태국, 싱가포르에 다녀왔고, 부모님 칠순 때는 온 가족이 미얀마를 여행했다. 미얀마를 선택한 이유는 음식에 대한 거부감이 거의 없고, 가족이 한꺼번에 휴가를 내기에 적당한 거리인 데다, 가성비가 좋았기 때문이다. 여행 동반자는 부모님과 작은오빠 부부, 그리고 나까지 총 다섯 명이었다. 해외로 가족이 함께 떠나는 게 쉽지 않은 만큼 그 자체가 빅 이벤트였고, 당연히 준비에 대한 부담도 컸다. 나는 3개월 전부터 '미얀마 가족여행 대프로젝트' 진행에 돌입했다.

두 번째 미얀마는 혼자와 둘이 다르고, 둘과 다섯이 다르다는 걸 실감한 여행이었다. 모든 숙소와 항공, 교통편을 미리 예약하고, 비용을 예측하고, 부모님의 나이와 건강 상태를 고려해 강도를 조절해야 했다. 대충 길에서 때우는 식사 없음. 숙소나 현지 동선도 미리 정해 현지에서 시간 낭비하는 일이 없도록 해야 했다. 다섯 명이라는 애매한 숫자도 약간 불편했다. 가이드는 미얀마 유경험자이자 이미 '여행작가'가 되어 있었던 내가 하게 되는데, 길치라는 치명적 약점 때문에 '여행지 찾아가기'에 대한 스트레스도 극심했다.

출발 전 환전이나 첫 호텔 예약, 도착 다음날 새벽에 바로 출발하는 비행기 티켓 예약 등을 하는 과정에 현지 여행사와 무려 39번의 이메일을 주고 받았다. 그러고 보면 나도 참 사람 질리게 하는 구석이 있단 말이다(이런 갑을 두었던 직장 시절의 을들과 팀원들에게는 지금도 틈틈이 사과하는 중이다). 이런 노력들을 알아주기는커녕 몇십 원짜리 사탕까지 공동 경비에 넣었다며 여행 후 컴플레인을 하던 작은오빠에겐 섭섭한 마음 또한 여전하다. 원래 사람이란 받은 건 다 잊어버리고 이런 것만 기억하는 존재 아닌가. 나만 그런 건 아니지? 아마도 자격지심이 더해져 스스로가 더욱 초라하게 느껴졌던 것 같다.

당시 나는 여행작가라는 명목 하의 반백수였고, 오빠네는 대기업에 다니고 있었다. 내가 만약 예전처럼 대기업에 다니고 안정적인 수입이 있었다면 오히려 더 많이 '삥땅'치고 "에이, 오빠가 많이 벌잖아!" 능청스레 말했을 거다. 하지만 당시 난 프리랜서가 된 지 얼마 안 된 상태였고, 줄어든 수입에 막 적응하던 중이었다.

미얀마 여행은 여행작가가 되었으니 한번쯤은 부모님과 여행을 다녀와야겠다고 생각하던 중에 부모님 칠순 기념으로 지른, 일종의 '마지막 축제' 같은 거였다. 그런 상황이다 보니 잘 준비하고 철저히 계산하여 내 역할을 제대로 하고 싶었다.

몸도 마음도 여유가 없었던 시기였기에 여행 내내 골골하며 비상약을 소진한 게 바로 나다. 돈은 그렇다 치고 현지에서 오빠에게 조금 의지하고, 길도 찾아달라고 하고, 넉넉하게 마음을 먹었으면 어땠을까 가끔 생각한다. 어떻게든 '내가' 해내려고 했던 빡빡함이 못내 아쉽다. 그 부분을 빼면 부모님에게는 두고두고 자랑이

인레 수상호텔

해질 무렵 혜호의 풍경

자 행복이었으니 '대프로젝트'의 대외적 성과는 확실했다 할 수 있겠다.

우선 일정을 넉넉하게 잡았다. 5박 7일 중 우리가 즐길 수 있는 시간은 4일 하고 반나절 정도였으므로, 미얀마에 도착해 양곤에 머무는 시간을 최소화하고 바간과 헤호만 다녀오는 것으로 정했다. 일반 패키지처럼 여러 여행지를 찍지 않고, 나름의 강약 조절을 한 것. 음식은 부모님이 현지 음식 시도하길 좋아하시므로 반드시 포함시키되 맛있게 드실 수 있는 것으로 고심하여 정했다.

가장 중요한 것은 마지막날 호텔이다. '숙소는 뒤로 갈수록 좋아져야 한다.' 이건 내가 숙소를 정하는 원칙이다. 여행 후반부로 갈수록 피로도가 쌓이기 때문이다. 부모님께 특이한 경험을 선물하기 위해 마지막날 숙소를 인레호수 수상호텔로 잡았고, 이렇게 배치하기 위해 전체 일정도 조절했다.

부모님의 감동지수는 마지막날 수상호텔에서 최고점을 찍었다. 수상호텔에 도착했을 때 엄마는 신혼여행 온 것 같다며 감탄을 쏟아냈다. 마사지 서비스는 여행의 피로를 풀어드리기에 충분했고, 호텔에서 준비한 민속공연도 꽤 볼 만했다. 날씨까지 도와줘서 이날 본 인레호수의 일몰은 내 생애 최고의 일몰이었다.


효도여행의 마침표는 사진이다. 이 멋진 경험을 동네방네 자랑하고 싶은 게 부모님 마음. 서울에 돌아오자마자 나는 여행 사진을 털어 편집하고 인터넷을 뒤져 괜찮은 앨범 서비스를 찾아 책으로 만들었다. 그리고 그 책을 무심한 듯 시크하게 부모님께 보내드렸다. 엄마는 한동안 사진첩을 들고 다니며 친지와 이웃들에게 미얀마 여행을 자랑했다. 주위의 부러움을 한몸에 받은 부모님은 한껏 에너지가 충만해져 이듬해엔 유럽 여행을 떠나셨다. 엄마는 지금도 미얀마 여행앨범을 담았던 택배 상자까지 보관하고 있다.

손에 잡히는 '증거'는 성과를 배가시키고 영원한 아카이브가 된다. 사진앨범 만들기는 아날로그한 방식이고, 귀찮고, 타이밍을 놓치기 십상이다. 그럼에도 효도여행 떠나는 지인들에게는 반드시 앨범을 만들기를 권한다.

미얀마 가족여행은 내 평생 가장 잘한 일 중 하나이다. 가족 모두 시간 맞추기도 어려웠고, 통장도 텅 비었고, 섭섭함도 있었고, 나 자신은 여행을 전혀 즐기지 못했지만 부모님에겐 큰 선물이 되었으니까.

가족여행에서 돈보다 큰 장애 요인은 '시간'이다. 그 귀한 '시간'을 드렸기 때문에 나의 반백수 시절이 가치를 찾았다. 그러니까 효도여행은 부모님께 무얼 드린다기보다는 내가 가치 있는 사람이 되는 기적의 논리를 만든다.

## 효도여행 플랜 팁

1. 여행 초반부에 가장 '미얀마다운' 볼거리를 배치하여 우리 가족이 떠나왔음을 실감하도록 함 − 양곤을 거쳐 바간에 도착하여 첫 일정은 마차 타고 옛 바간의 수천 개 사원 돌아보기

2. 미얀마 현지인들 만나기 − 바간 둘째 날에는 낭우시장 돌아보며 현지인들을 만나고, 칠기 공예품 만드는 공장에 가서 쇼핑할 수 있도록(패키지 아닌데도 쇼핑 일정 포함, 가이드에게 커미션 없다는 게 다른 점)

3. 바간에서 혜호로의 이동은 비행기, 산책으로 릴렉스 − 문화 충격과 관광으로 바빴던 바간 일정을 뒤로하고 혜호는 여유롭게 즐기는 여행

4. 인레호수 수상호텔을 마지막날 숙소로 예약하여 여유 있고 독특한 휴식 즐기기

5. 가성비 높은 마사지 틈틈이 배치 − 4일 중 바디 마사지 두 번, 헤어 마사지 한 번 받음

6. 한국 음식 맛과 가장 비슷한 샨족 음식 배치, 현지 과일 먹기

7. 여행 다녀와서 손에 잡히는 기념품, 앨범 만들어 보내기 − 결국 부모님 손에 남겨진 건 사진

타웅타만 호수를 가로지르는 우베인다리

만달레이 사원 근처에서 만난 소년

# 4.

## 떠남과
## 돌아옴

# 내 여행의

# 고향

굳이 어릴 적 자란 곳을 고향이라 말한다면 우리 가족의 고향
은 서울이다. 부모님은 전쟁 때 내려오신 실향민이고 아빠는 부
산, 엄마는 서울에 사셨지만 아빠 역시 중학생 때부터 서울에서
학교를 다녔기 때문에 부산에 대해 잘 알지 못한다. 때문에 명절
때 민족대이동 같은 건 경험해본 적이 없다. 지방 출신들은 '시골
집'에 대한 정서가 있다고 하는데 딱히 우리 땅, 우리 고장에 대한
애착도 없다. 어쩌면 우리 집안의 여행 유전자는 마음을 붙일 고
향이 없었기에 가능한 것이었는지도 모른다.

내가 여행에 맛을 들인 건 사회생활을 하면서부터이다. 학교 때
도 방학이면 배낭여행을 떠나는 친구들이 더러 있었지만, 아르바

이트에 치여가며 힘들게 학창시절을 버텨야 했던 내게 여행은 먼 나라 얘기였다.

　그때나 지금이나 취업난은 인류의 숙제이다. 다만 때에 따라 의제가 조금씩 다르다. 그때는 '여자는 취업하기 힘들고, 여자는 승진하기 힘들고, 여자는 회사 다니다 결혼하면 되고……'였다. 영어도 D를 받아 계절학기를 들었고, 1학년 1학기 성적이 나머지 모든 학기를 아무리 잘해도 도저히 메꿀 수 없는 정도였지만, 굼벵이도 구르는 재주가 있다고 자기소개서를 꽤 잘 썼다. 졸업 전 '자기소개서 쓰기' 과제로 전공 교수님께 큰 칭찬을 받고는 드디어 살 길을 찾았다는 생각이 들었다.

　나는 영어 시험 안 보고 면접 위주로 합격자를 가리는 회사 한 군데를 공략하기 시작했다. 첫 번째 시도에 떨어졌고, 그럼에도 불구하고 그 회사밖에 살 길이 없었던지라 불을 켜고 재도전, 졸업 전 입사라는 쾌거를 얻었다. 당시 여직원 평등을 내세웠던 E사는 여직원 경쟁률이 100 대 1, 이를 뚫었으니 글로 먹고살 팔자는 그때부터였다고 봐야겠다.


　입사 첫 해에는 친구들과 제주 여행을 갔다. 제주시에 머물며 협재, 천제연, 성산 일출봉, 우도를 돌아보았다. 숙소는 용두암 근처 민박집이었는데, 손으로 그린 제주도 지도에 다녀볼 만한 곳을 표시하고 그걸 여러 장 복사해 놓았던 가이드 마인드 투철하신 주인장과, 소변은 가능, 대변은 금지였던 민박집 화장실 규칙이 기억에 남는다. 그땐 내가 제주까지 와서 살게 될 거라고는 상상도 못했는데, 이제 와 생각하면 참 희한한 인연이다. 잘 기록해두었다가 나중에 다시 한번 찾아가 볼걸, 그때도 우리의 여행을 주도했던 살림꾼 문숙이 덕에 난 그저 손놓고 따라다니기만 했다.

다음해는 야심차게 해외여행을 계획했다. 그때도 문숙이와 다녀올 예정이었다. 우린 휴가 날짜를 맞추고, 대략 홍콩으로 떠날 계획을 세우고 있었다. 그런데 갑작스런 변동 사항이 발생했다. 문숙이가 다른 잡지사로 이직을 한 것이다. 그녀에게 좋은 기회였기에 축하해야 할 일, 다만 이직하자마자 휴가를 얻는다는 게 불가능했다. 첫 해외여행에 꽤 들떠 있었는데 한순간에 김이 빠졌다. 어찌할까 고민하다 이왕 이렇게 된 거 지르기로 했다. 패키지로 홍콩 여행을 떠나기로 한 것.

그때는 여행사에서 여권 발급을 대행해줄 수 있었는데 마침 직장 동료가 친구네 여행사를 추천해서 그곳에 수수료와 인적사항을 보냈다. 문제는 여권 담당자가 일을 마무리짓지 않고 퇴사하는 바람에 내 여권까지 낙동강 오리알이 된 것. 출국 날짜는 다가오고 패키지 여행사에서는 여권을 보내라는 전화가 계속 걸려오는데 내 여권은 어디로 간 것인지…….

직장 동료에게 수소문해 대행사를 압박했고, 이를 급하게 처리하는 과정에서 담당자가 내 이름의 '세'를 'Se'가 아닌 'Sae'로 표기했다. 이때부터 내 여권의 영어 이름 표기는 'Sae'가 되었다. 이후 신용카드나 출국 카드에 'Se'를 혼용하다가 출국장이나 해외 쇼핑몰에서 몇 번 문제가 발생한 후 지금까지 모든 영어 이름 표기를 'Sae'로 하고 있다. 이 여행을 기점으로 내 영어 이름은 송'세'진이 아닌 송'새'진이 되었다.

이 '초보 나홀로 여행자'는 가이드 언니의 특별한 케어를 받았다. 기내식도 잘 받아 먹었고, 초록색 불을 확인하고 기내 화장실도 무사히 다녀왔다. 좌석에 앉아 이것저것 누르면 승무원이 달려온다는 것도 알았다. 사실 첫 해외여행에서 그 정도면 양호하지. 비행기 탈 때 신발을 벗지도 않았고, 착륙할 때 먼저 일어나 짐을 내리지도 않았다. 나름 눈치가 있는 처자였으므로 대략 사람들을 살피며 분위기에 적응했다.

특별히 첫날부터 저녁 식탁에 함께 앉았던 아주머니 두 분을 따랐다. 식탁 예절이 뭔가 남다르게 느껴지는 이분들로부터 나름 글로벌 에티켓을 배워야겠다고 생각했다. 두 분 또한 나를 예뻐해 주셨다. 패키지 스케줄 이후 두 분과 함께 야시장에 가기도 했고, 틈틈이 들려주시는 이야기에 귀를 기울이기도 했다.

마지막날 밤, 저녁 식사를 마치고 숙소로 들어가는데 두 어른이 나를 방으로 놀러오라 하셨다. 두 분은 패키지 가이드가 말한 '정말 비싼 냉장고 음료'를 호방하게 털며 맥주를 권하셨지만, 서른이 넘어서야 맥주 한 캔을 정복했던 나는 '천생 애기' 취급을 받으며 탄산 음료나 홀짝일 뿐이었다.

두 분 다 남편의 일 때문에 캐나다로 이주했으며, 한 분은 임기를 끝내고 한국에, 다른 한 분은 여전히 캐나다에 있는, 타국에서 만난 절친 사이였다. 두 분은 오랜만의 만남을 홍콩 여행으로 즐기고 있는 중이었다. 취기가 오른 어르신들은 약간의 자랑을 섞어가며 좋은 말씀을 해주셨다.

"쓸데없이 비싼 커피 마시고 쇼핑하는 데 돈 쓰지 말고 월급에서 5만 원, 10만 원씩 따로 떼어놔요, 그렇게 1년이면 멋있는 여행할 수 있어. 캐나다 우리 집으로 와요. 캐나다에서 스키 한번 타보면 한국 스키장 너무 시시할걸?"

한국 스키장도 버거워 겨우 낙엽 보딩을 하던 내게 캐나다로의 초대는 마치 '우물에서 나와!' 하는 것으로 들렸다. 나는 개구리였고, 백지였고, 스펀지였다.

이후 그분들과 다시 연락을 하지도, 캐나다 스키장에 가지도 않았다. 그러나 그분들이 미친 영향력은 대단하여 내게 평생 여행 바람이 들게 만들었다. 돈을 어떻게 써야 할지, 어디에 가치를 두어야 할지, 선택의 상황에서 무엇을 택할지 대답은 언제나 명료했다. 난 '패션 마케팅'이라는 소비의 중심에 있는 일을 했지만 단 한 번도 명품백을 사지 않았고, 앞으로도 그런 일은 없을 것이다. 가방과 구두는 늘 내 머릿속에서 비행기 티켓으로 치환된다.

그러니까 홍콩 여행은 나에게 새 이름 Song 'Sae' Jin을 주었

홍콩 딤섬 가게

고, 돈에 대한 생각과 더불어 소비 패턴, 삶의 가치관까지 결정지어주었다. 홍콩 여행은 확실히 '태동'의 역할을 했다. 그 때문인지 가장 여러 번 다녀온 여행지이기도 하다. 회사일로 숨이 막힐 때면 주말에 훌쩍 떠나기도 하고, 좋아하는 숙소에 빈 방이 있다고 해서 떠나기도 하고, 음악 좋은 클럽에서 불금을 보내려고 떠나기도 했다. 다른 곳과 달리 홍콩은 익숙함과 낯섦이 공존하는, 나에게는 여행의 고향 같은 곳이다.

첫 여행에 함께하지 못했던 문숙이와도 홍콩에서 회포를 풀었다. 홍콩에서 '번개'를 한 것. 그녀는 호주에서 날아왔고, 난 서울에서 갔다.

문숙이는 언제나 기획하고 준비하는 역할을 하던 친구지만 홍콩만큼은 내가 할말이 많았다. 방심한 탓일까? 문숙이와 침사추이에서 만난 첫날 '나만 믿고 따라와!' 하고는 무작정 직진, 또 직진한 통에 반대 방향으로 지하철 세 개 정거장을 걸어야 했다. 그렇지. 익숙한 홍콩도 길치 본능은 이길 수가 없다. 호주에서 반나절을 헤매고 옆 동네까지 걸었던 나를 익히 아는 문숙이에게 굳이 또 '나'를 증명하고야 말았다. 그럼에도 우린 너무나 반가워 목이 쉬도록 지난 시간들을 이야기했다.

우리가 이렇게 홍콩에서 다시 만날 줄 알았을까? 기자인 그녀가 셰프가 되고, 카피라이터인 내가 작가가 될 줄 누가 알았을까?

# 춤추던

## 여 행

초록불을 기다리는 시간, 회오리 같았던 나의 6년이 시작되었다. 합창단 선배였던 R언니는 오래 잊고 지내던 선배다. 난 대학 2학년 때까지 연합동아리 S코러스에서 노래를 부르다가 소질 없음과 끼 없음을 발견하고는 얼추 활동을 접었다. 합창단에선 노래 잘하는 놈이 장땡이다. 하여 '코러스'의 코러스 역할만 하던 나는 인기도 없었고, 친구도 없었고, 그래서 재미없음을 확인하였고, 시들해졌다. 2학년 2학기부터는 빵꾸난 학점을 때우고 아르바이트를 하느라 일찌감치 캠퍼스, 동아리의 낭만과는 졸업을 했다.

R언니와는 한 번쯤 마주칠 만한 업계에 있었다. 난 패션 마케터, 언니는 메이크업 아티스트였기에 어딘가 촬영장에서 만날 법

도 했다. 그리고 우린 스튜디오도 미팅룸도 아닌 압구정동 신호등에서 마주쳤다.

언니는 신호를 기다리는 짧은 시간 동안 나에게 춤을 추러 오라고 했다. 아, 맞다. 이 언니가 엄청난 에너지의 소유자였지. 보이시한 외모에 재주가 많았던 언니. 엄청난 기와 함께 설득에 있어서도 천부적이었다. 수줍음이 많아서 노래도 잘 못하던 내가, 합창단도 끼가 없어 일찌감치 때려친 내가, 세상에! 그 짧은 시간에 홀라당 설득당하여 그 주말 역삼동 댄스학원 문을 열고 들어갔다. 그래, 억누르고 있던 끼였다 치자. 그날 이후 난 R언니, 그리고 춤 친구들과 6년 동안 몰려다녔다.

우린 거의 모든 일상의 오락을 함께했다. 멤버들의 자취방에 다니며 밥도 해 먹고, 영화도 보고, 술도 마시고, 파티도 하고, 당연히 춤을 가장 많이 췄다. 그리고 여행도 함께 떠났다. 특히 R언니와는 국내외 여러 곳을 단둘이 또는 여러 사람과 함께 지치지 않고 다녔다. 언니의 멋진 패션과 타고난 미모, 개성은 어디서나 눈에 띄었다. 언니와 함께 다니면 사람들의 호감 어린 시선이 느껴졌다. 언니 또한 그런 시선이 평생 익숙한 사람이었다. 생각해보면 어디서나 '빼지 않는 허세'가 과열 양상이었던 것 같다.

덕분에 여행마다 에피소드는 넘치게 나왔다. 앞서 소개했던 것처럼 네팔에서 벨보이와 미친듯이 싸워봤고, 앙코르와트는 바지한 벌 없이 미니스커트만 가져간 탓에 함께한 사람들을 당황스럽게 하기도 했다. 하나하나의 높이가 50cm쯤 되는 사원 계단을 그런 차림으로 성큼성큼 올랐으니 안 보려고 해도 시선이 가는 건 어쩔 수가 없었다. 첫날 경험으로 언니에게 내 바지 하나를 빌려줬고, 언니는 어정쩡한 길이의 바지를 마치 자기 것인 양 멋지게 소화해냈다. 민속쇼 중 관객과 어우러지는 시간이 있으면 늘 빼지 않고 나가 과하게 춤을 잘 춰서 쇼 배우들을 다 씹어먹으시기도.

같이 해외여행을 갈 때면 언니는 번번이 입국 카드를 받지 못했다. 이국적인 외모로 늘 현지인 취급을 받았기 때문이다. 거기에 체력까지 끝내줘서 어딜 가나 최상으로 즐겼다. 숙소에 돌아오면 복근 운동과 스트레칭은 기본이었다. 제일 부러운 건 침대에 눕자마자 곯아떨어지는 적응력이었다.

반면 나는 늘 골골댔다. 특히 언니랑 가면 그랬다. 꼭 한번씩 크게 아팠다. 난 언니에게 이렇게 말하곤 했다.

"내 기 좀 그만 빨아먹어!"

언니는 큭큭거리고, 난 그런 게 아니고선 이럴 리가 없다며 여행 분위기를 한번씩 가라앉히는 빈약한 체력을 변명하곤 했다. 한창 회사 다니며 여행 갈 때는 여행 전에 헬스를 하고, 걷기 운동을 하는 등 체력 보강을 했다. 그만큼 환경에 예민하기도 하고, 작고 기운 없는 체질이었기 때문이다. 그러고 보니 길치에 저질 체력에 예민 체질, 뭐 하나 여행자 기질이 없다.

어쨌든 결국, 춤으로 만난 우리는 춤 여행을 떠났다. 갑자기 성사된 '열 명이 함께하는 유럽여행'은 한 마디로 '아비규환'이었다.

번개처럼 떠난 여행의 목적지는 영국 블랙풀. 댄스스포츠를 하는 사람들이라면 누구나 아는 곳이다. 그러나 일반인들에게 비틀즈의 고향 리버풀도 아닌 블랙풀은 생소할 것이다.

블랙풀은 한마디로 종주국인 영국에서도 가장 길고 확실한 댄스스포츠 역사를 갖고 있는 리버풀 근처 바닷가 마을이다. 이곳에서 매년 댄스스포츠 국제대회가 열리는데 프로, 아마추어, 라이징스타 등 한다하는 선수들이 모여 몇날 며칠 경연을 벌인다. 분야마다 오전부터 예선을 치르기 시작해 저녁때가 되면 최종 우승자가 가려진다. 당연히 하이라이트는 마지막날 열리는 프로 선수들의 경연이다.

그런데 영국이 댄스스포츠의 종주국이라고? 그러니까 영국이 식민지를 돌며 세계의 유물만 가져온 게 아니다. 댄스에 스포츠가 붙는 것도 이상한데 삼바, 탱고가 영국이라니? 정확하고 자세한 역사는 녹색창에 양보하기로 하고, 간략히 말하자면 영국에서 열 개 댄스 종목을 정리하고 경기를 치르기 시작한 건 100년이 넘는 역사를 가지고 있다. 댄스스포츠는 일정한 동작과 룰에 따라 점수를 매긴다. 피겨스케이팅을 생각하면 이해하기 쉬우려나? 그러저러한 이유로 댄스스포츠의 탱고와 아르헨티나의 탱고가 다르고, 댄스스포츠의 삼바와 브라질 삼바도 비슷한 듯 다르다.

이렇듯 열 종목이나 되는 댄스스포츠 동호회였으니 우린 언제나 바쁘고 할 게 많았다. 자연히 많이 움직이고 잘 먹었으며, 시끌시끌한 기질 또한 극에 달했다.

로망은 블랙풀이었다. 5월 말에서 6월 초에 열리는 블랙풀대회에 우리 댄스 선생님들이 참가하곤 했는데, 그곳에 가면 세계적 댄스스포츠 선수를 직접 만날 수도 있고, 학생들은 시간을 잡아 개인교습을 받을 수도 있다.

최종 대회날 좌석은 전세계 돈 많은 팬들이 1년 전에 다 잡아놓는다. 당연히 우리 같은 일반인들은 입석표를 사 들고 멀리서 춤을 보는 것만으로도 영광이다. 오전부터 예선, 준준결승, 준결승, 결승 순으로 진행을 하니 저녁이 될수록 열기가 뜨거워지고, 준결승쯤 하는 시간에는 한껏 드레스를 차려입거나 가슴에 훈장을 줄줄이 단, 지팡이를 든 어르신들이 로비를 가득 메운다. 클래식한 대회의 들뜬 분위기도 이국적이고 즐겁다. 그러니까 바로 이 분위기, 이 대회를 보러 가는 게 우리 최종 목표였다.

생각보다 많은 사람들이 갑작스런 여행 번개에 반응했고, 나름 조직적인 준비 모임을 몇 차례 가진 후 블랙풀을 향해 떠났다. 일정은 스위스, 독일, 파리를 거쳐 영국으로 들어가는 것이었다. 여기서 '조직적'이라 함은 나라마다 가이드를 정해 그를 중심으로 일사불란하게 움직이고, 식사나 재정, 숙소도 담당자를 정하는 등 '배운' 사람들의 똑똑할 뻔했던 야심찬 계획이었다는 뜻이다.

문제는 떠나는 날 아침 짐을 부칠 때부터 발생했다. 출발 며칠 전에 공동 먹거리와 비품을 사러 마트에 갔는데 이번 여행의 보스가 물을 사야 한다는 주장을 했다. 세계적인 호텔 체인의 간부여서 여행도 꽤 다닌 분이 그런 주장을 했다는 게 지금 생각하면 의아하기만 하다. 어쨌든 그는 이전 출장에서 물을 갈아먹고 배탈이 난 적이 있다며 다른 건 몰라도 물은 사가야 한다고 했다. 세상에! 열 명이 열흘 동안 먹을 물을 샀으니 이게 말이 되나? 카트에 가득 실은 삼다수 병이라니! 시간은 걸렸지만 어찌어찌 해결이 되어 그 많은 물을 결국 화물칸에 싣는 데 성공했다. 차라리 스위스 공항에서 거절당했으면 좋았을 것을.

공항에 도착하여 렌터카를 빌리러 갔는데 아무리 기다려도 오지 않던 운전 담당 멤버가 한참 뒤 9인승 승합차를 몰고 왔다. 유럽 렌터카(정확히는 반납하는 장소인 파리와 연결된 회사)는 9인승이 맥시멈이라고 한다. 사람이 열 명인데 9인승! 사람만 있다면 어떻게 구겨앉아 갈 텐데, 우리에겐 열흘치 물과 열 명의 사람보다 더 큰 부피를 차지하는 짐이 있다. 여기에 쇼핑이라도 하게 되면 짐은 점점 더 많아질 것이다. 이미 트렁크는 꽉 찼고, 매일 그 트렁크를 테트리스 하듯 쌓고 내리는 게 운전 담당 멤버의 지옥훈련 코스였다.

그렇다면 물은? 우린 삼다수 2리터 병들을 발밑에 둔 채 밟고 다녀야 했다. 그렇게 밟히던 물을 한 병씩 클리어해 나갔으니 기분상으로는 이 물이 배앓이에 가장 적당하지 않은가? 마지막 3인 자리에는 네 명의 여자들이 잘 포개 앉았고, 그 발밑에도 어김없이 물이 있었다. 이코노미클래스 증후군이 있다면 여기가 그 끝이 아닐까? 해당 국가 담당 가이드는 운전석 옆에 앉았는데, 독어도 불어도 못해 길잡이가 되지 못했다.

우린 어디서나 미숙했고, 오랜 기다림은 수차례 의견 충돌로 이어졌다. 둘이 가도 싸우기 마련인데, 연습실에서 춤으로만 만나던 열 명이 만리타국에서 이토록 궁색한 9인승 승합차 생활을 한 거다. 당장 호텔 이사님이 열흘치 물을 주장할 줄 누가 알았겠나? 독일 프레야마켓에서 커다란 빈티지가방을 산 한 언니는 자신만 모르는 엄청난 눈총을 받았고, 남자들은 몰래 혼탕 문화 체험에 나섰다가 촉 좋은 여자들에게 걸리기도 했다. 멤버들 간 미묘한 신경전도 많았고, 독일에서 파리로 들어갈 때는 길을 잃어 저녁 늦게까지 헤매던 중 차에 문제가 생겨 난민이 될 뻔한 일도 있었다.

언젠가부터 일행은 2~3팀씩 나눠 움직였는데 나와 R언니는 늘 마이너한 쪽을 택했다. 관광지보다는 동네 골목을 걷거나 벼룩시장에 가는 등 대부분 여성 멤버들이 점차 R언니 편에 섰다.

스위스에서 남들 다 가는 융프라우에 가지 않은 이유는 둘 다 이미 경험했기 때문이고, 파리에서 루브르에 가지 않은 건 일종의 허세였다. 그렇지만 그때 택했던 몽마르트르는 내 여행의 기억 중 몇 손가락 안에 드는 낭만적인 이미지로 남아 있다.

블랙풀은 우리를 쉽게 허락하지 않았다. 파리에서 영국으로 들어갈 때 멤버 한 명이 여권을 호텔에 두고 오는 바람에 비행기를 놓치고 말았다. 다른 사람들은 먼저 떠났고, 그 친구와 또다른 한 명이 남아 다음 비행기 티켓을 구했다. 문제는 그 친구가 몇 명의 리턴 티켓을 가지고 있었던 것. 입국 심사를 하는데 호텔 바우처도 리턴 티켓도 없으니 우린 요주의 인물이 되고 말았다.

입국 심사대를 통과하며 감시 대상자들을 앉히는 장소에 '수감' 당한 우린 고분고분하지도 않은 데다 틈만 나면 말을 해 총 든 경찰관의 신경을 건드렸다. 화장실도 감시원 동행 하에 한 명씩 다녀와야 했다. 네 시간을 기다리자 나머지 친구가 왔고, 다 같이 태도를 누그러뜨리고 눈물로 호소한 끝에 억류에서 풀려날 수 있었다.

우린 영국에 이르러서야 비로소 여유를 되찾았다. 9명이 승합차 두 대로 나눠 탔고 가져온 물도 다 마신 것. 다음날은 우리 댄스 선생님을 응원했고, 서울에서부터 소중히 가져온 한국 반찬들을 다 털어 선생님들께 한상 차려드렸다.

여행 후 뒤풀이를 하며 의외의 사실을 알았다. 2~3팀으로 움직였던 여정이 문제였던 것. 우린 효율적으로 움직였다고 판단했는데 몇은 그것이 서로 인화하지 못한 원인이라고 생각한 것이다.

갈라지기 시작한 건 융프라우에서부터였다. 난 스위스에 다녀온 지 얼마 안 된 상태였고, 언니는 스위스에 가족이 살아 이미 여러 번 경험했기에 비싼 융프라우 기찻값을 부담하는 게 아까웠던

블랙풀의 댄스스포츠 경연장

터. 인터라켄 시내에서 골목을 구경하고, 마트에서 샐러드를 사 먹고, 트램을 타고 산에 올랐다가 맥주 한 잔을 마시며 떨어지는 패러글라이딩을 하염없이 바라보는 것만으로도 충분히 좋았다. 그러나 다른 멤버는 그게 우리의 일탈이었고, 그로 인해 갈라지기 시작했다고 판단했단다. 언니와 나는 그 자리에서 사과했고, 공식적으로는 쌓인 감정을 털어냈다.

물론 그건 내 생각이다. 그 감정이 털렸는지 그렇지 않은지는 상처받았다 여긴 당사자들의 마음을 일일이 확인해보지 않아 모르겠다. 세심히 살피지 않은 것은 잘못이다. 다만 그런 상황을 쿨하게 여기는 사람도 있고, 보다 심각하게 여기는 사람도 있다는 걸 깨달은 건 이 여행의 또다른 교훈이었다.

멕시코에 같이 갔던 '그' 언니가 살펴주는 편이라면 R언니는 그냥 놔두는 편이다. 그렇기 때문에 힘들 때는 나 스스로 '타임'을 걸어줘야 한다. 친구와의 여행에서 싸움이 나는 주 원인은 '섭섭함'이다. 그리고 좀더 깊이 들어가보면 내가 먼저 '타임!'을 걸지 않은 것이 원인일 때가 많다. 그래서 동반자가 있는 여행에는 더욱 원칙이 필요하다. 상대가 여린 마음의 소유자라면 더욱, 사전에 친절한 대화를 나누는 시간이 필요하다.

내가 동반자 여행에서 지키는 원칙은 대략 이런 것이다.


— 선택의 상황에서 싫은 건 싫다고 말하자. 여기서 '싫다'는 네가

싫다는 것도, 불만이 있다는 뜻도 아니다. 그냥 이것(이를테면 음식, 프로그램, 일정 등)이 싫다는 뜻이다. 불만을 선택 상황에서 섞어 말하는 건 여행 전체를 피곤하게 한다.

— 불만이 있으면 분명하고 확실하게 말하자. 조금씩 틱틱거리면 원인도 알 수 없고 해결도 할 수 없다. 유치하다고 생각해도, 좀 스럽다고 생각해도 차라리 확실한 불만의 요점을 말하는 게 좋다. 이를테면 "내가 계속 이 공용 짐을 들고 다니는 게 싫어." "메뉴를 정할 때 너 위주로만 정하지 말고 한 번씩 번갈아 하자." 불만에 대한 대안도 같이 생각하는 게 좋다.

— 하고 싶은 게 서로 다를 때는 누군가 한 명이 희생하지 말고 각자 자기가 하고 싶은 걸 하자. 혼자 하는 게 싫어서 끝까지 설득하고 조를 거면 아예 이 여행은 따로 가는 게 좋다.

— 확대 해석하지 말자. 그렇기 때문에 불만은 분명하게 말해야 한다. 상대가 알아서 짐작할 것이라는 기대는 아예 하지 않도록 피차 말한 만큼만 이해하고 받아들이기로 약속한다.

— 내가 가장 약한 부분을 미리 말하자. 예를 들어 "난 배고플 때 먹지 않으면 포악해진다. 로컬 푸드를 맛보고 싶다. 길을 찾지 못하면 예민해진다. 그러니 길은 동행자가 찾으면 좋겠다. 밥을 굶으면서까지 여행하진 말자." 이런 식으로 이야기를 나누자.


미리 이야기하는 게 좋다. 미리 이야기해보고 안 맞을 것 같으면 같이 가지 않는 게 좋다.

휴양지를 좋아하는 올케와 문화 탐방을 좋아하는 오빠가 신혼 때 일본 여행을 갔다가 엄청나게 싸웠다는 이야기를 들은 적이 있다. 전국 바닷가에서 주워온 오빠의 소중한 조개껍데기를 올케가 버려서 한바탕 싸운 적도 있단다. 현재 오빠네 부부는 캠핑으로 대동단결하여 공통의 행복을 찾았다. 안 맞는 걸 맞추느라 애쓰지 말고, 맞는 사람끼리 가는 게 좋다.

요즘은 R언니와 여행을 다니지 않는다. 이제는 길거리에서 춤추는 게 재미가 없고, 인물 사진이나 셀카도 거의 찍지 않는다. 각자 생활 반경과 패턴도 달라졌다. 만나는 사람도 달라졌고, 취미도 다르고, 이제는 거의 연락조차 하지 않는다.

우리의 시절인연이 아마도 거기까지였나 보다.

# 그림 같은

## 성 따위

디즈니 타이틀과 로고에 등장하는 그 성, 노이슈반슈타인을 보러 갔다. 여행할 때마다 볼거리 하나 정도 미션으로 정하는데, 독일의 목적지는 바로 이곳이었다. 흔히 유명 관광지를 표현할 때 하는 말, '그 나라 사람들이 가고 싶어하는 곳 1위' 또는 '세계적인' 같은 수식어를 갖기에 충분한 성이다. 문제는 너무나 많은 사람들이 몰리는 통에 준비가 단단히 필요하다는 것. 내 경우 독일에 사는 사촌이 미리 예약을 해줘서 느긋하게 뮌헨을 거쳐 퓌센으로 갈 수 있었다.

바쁜 여행자들은 뮌헨에서 기차 타고 와서 성을 보고 가는 반나절 정도의 시간을 할애하는데 나는 그곳, 정확히는 그 아랫동네에서 하룻밤 머물러보고 싶었다. 날씨가 흐렸다 맑았다 하는 점심때쯤 퓌센에 도착해 숙소에 짐을 놓고 동네를 천천히 걸었다. 그리고 금세 이곳에 푹 빠져버렸다. 1박 2일은 부족해 그보다 더 오래 있고 싶었다.

뮌헨은 뭔가 나랑 안 맞는 느낌이었다. 베를린이 너무 좋아서 상대적으로 그렇게 느꼈는지도 모르겠다. 사람들은 딱딱했고, 유명한 맥줏집 '호프 브로이하우스'에서도 좋은 느낌을 받지 못했다. 음식도 맛이 없었다. 베를린과 시스템이 달라 시티투어 데이티켓도 손해를 많이 보았고, 머무는 동안 피곤하게 시내만 걸었다. 그저 인상에 남은 건 뮌헨 사람들이 대낮부터 생맥주를 즐기는데 기본이 1리터라는 것, 어쩌다 주방용품 파는 데 들어갔다가 갑자기 꽂혀서 몇 시간을 커피용품 앞에서 시간을 보냈다는 것. 그것도 평소 주방용품을 좋아하니 피했어야 하는데, 별 목적 없이 다니다 쉬지도 못하고 즐기지도 못하고 그냥 시간만 때운 느낌이었다.

그렇게 며칠을 보내고 퓌센으로 넘어오니 평화로운 시골 마을이 나를 반겼다. 커다란 건물들이 누르던 뮌헨과 달리 퓌센엔 아기자기한 상점과 작지만 역사 깊은 성당과 중세시대의 성이 있었다. 여기가 로마시대 국경 초소가 있던 지역이라고 한다. 그래서 동네 끝 강쪽으로 가면 호에스라는 작은 성이 있다. 치즈를 잔뜩 넣은 쫀득한 바질페스토 파스타는 너무나 내 취향이고 여기에 바이에른 맥주는 완전 찰떡이었다. 기대는 한껏 부풀어올랐다.

'내일 아침 일찌감치 성으로 갈 것이다. 노이슈반슈타인성을 보고 나면 얼추 독일 여행은 마무리가 될 것이다. 프랑크푸르트로 돌아가 삼촌과 숙모를 만나고, 시간이 괜찮으면 쾰른에 갔다가 집으로 돌아갈 예정이다.'

이 여행의 기-승-전-절정에 노이슈반슈타인성이 있었다.


새벽부터 들리는 이 소리는 뭐지? 비가 내리기 시작했다. 아니 퍼부었다. 시간 맞춰 버스를 타러 가야 하는데 우산이 없다. 숙소에서 우산을 하나 빌렸다. 아무 소용이 없다. 우산이건 비옷이건 그냥 맞으라는 비다. 온몸이 푹 젖은 채 버스에 올랐다. 앉기도 서기도 곤란한 젖은 몸으로 탄 버스는 언덕을 올랐다. 비는 여전히 그칠 줄을 몰랐고, 버스에서 내리니 이미 많은 사람이 대기줄에 있었다.

물론 나는 예약을 했다. 그래서 어디로 가면 되지? 아니 그 줄이 예약자들의 줄이다. 이 성 참 도도하다. 자유 관람 안 되고, 반드시 도슨트 관람을 해야 한다. 사진 찍으면 안 되고, 당연히 인원 제한도 있다. 성 앞이 아니라 언덕 아래에 주차장, 티켓박스와 대기열을 만들었다. 이 또한 이 성의 도도함이다. 어중이떠중이는 아래서 위를 올려다보시고, 관람자들만 문 앞까지 올라오라는 거지. 날씨만 좋았어도 트래킹을 선택했겠지만 비 맞은 생쥐 꼴로

몸이 부들부들 떨려왔다.

셔틀버스 티켓을 샀는데 이마저도 경쟁이 심해 겨우 중국인 관광객들 사이를 비집고 들어가 손잡이를 잡았다. 성문 앞에서 다시 대기. 화장실에 가보니 어떤 약빠른 여자가 핸드드라이어로 머리와 옷을 말리고 있다. 부럽지만 꾹 참고 관람을 시작했다. 컨디션이 좋지 않아서인지 감동은 예상보다 미미했다. 그 대단한 성에서 내 작은 집, 작은 침대가 그리운 건 뭔지.

도슨트를 마치고 성의 주방을 지나 카페에 앉았다. 커피 한 잔을 마시니 떨리던 몸이 진정되기 시작했다. 한 박자 늦게 시작된 호기심. 루트비히 2세를 조금 더 알고 왔으면 더 재미있었을 텐데 하는 후회가 밀려왔다.

이 잘생긴 애정결핍 왕은 독일에 성을 세 개 지었는데, 그중 이곳이 궁극의 화려함을 자랑한다. 그는 바그너를 좋아했고, 의문의 죽음을 맞았다. 침대 하나를 만드는 데 조각가 14명을 동원해 4년 6개월 동안 공을 들이는 등 집착도 과했다. 그러고도 노이슈반슈타인성은 미완이었는데 그 와중에 자기의 성이 관광지로 전락하는 게 싫다며 사후에 성을 부수라고 했다지. 정작 그는 이곳에서 한 달도 살지 못했고, 디즈니 홍보 효과로 이 성은 '관광지 of 관광지'가 되었다. 그나마 성 앞에서 줄서지 않고, 성 앞을 유원지 분위기 안 나게 관리하고 있는 게 원 건물주에 대한 최소한의 배려인지도 모르겠다.

루트비히는 아름다운 집을 지었지만 그 마음이 지옥이었고, 난 그렇게 기대했던 여행의 하이라이트를 비를 맞았단 이유로 전혀 즐기지 못했다. 인생사가 예상대로 되면 뭐 할말이 있겠나.

다행히 컨디션을 회복한 뒤 마리엔다리로 올라가 성을 멀리서 관망했다. 역시 그림에 나온 그대로다. 내 마음을 끈 건 반대편 언덕 위의 호엔슈반가우성. 루트비히 2세 아버지가 버려진 성을 개축한 것이라고 하는데 루트비히 2세의 아버지가 루트비히 1세가 아닌 막시밀리안 2세라는 점을 콕 집어본다. 이건 아재 개그도 뭣도 아니지만 내 기분이 업되었다는 신호. 옷은 아직 축축하지만, 비 그친 뒤 낮은 구름과 함께 보이는 아랫동네 평야지대는 너무나 아름답고, 알프제호수의 백조도 동화책을 찢고 나온 듯하다.

생각해보니 노이슈반슈타인성을 동화적이라고 하기엔 너무 규모가 크다. 차라리 이 레고 블록 같은 노란색 호엔슈반가우성이 조금은 만만해 보이고, 귀여운 공주 하나 살 듯하다. 얼마 전까지 몸이 떨려 집 생각이 간절하더니 이렇게 또 신이 난다.


여행 다닐 때는 감정 기복이 심하다. 걸음마다 좋았다 싫었다 재미있었다 우울했다 낙심했다 행복했다 한다. 이렇게 심장을 혹사해도 되나? 여행 중에는 정중동이 없다. 몸도 마음도 동동동만 있을 뿐.

# Ⅲ
## 돌아오기

여행,

여행 비슷한 것,

여행

　일이 되는 순간 여행은 더이상 여행이 아니다. 가장 요긴한 추억으로 남은 것들을 꼽아보자면 가장 절실했던 시기에 다녀온 여행이다. 회사에 꽉 묶여 있는 동안 두세 달씩 공들여 준비하여 다녀온 후 블로그에 꼼꼼히 기록했던 여행들이 그것이다. 다시 들춰보면 그 시절의 내가 한없이 부러워진다. 여행하는 동안 휘릭 지나버린 하루하루가 기록을 통해 다시 한번 생생히 소환되고, 이들을 읽을 때 또다시 그때의 희로애락이 어제 일처럼 떠오른다.

　여행작가가 되면서 다닌 여행은 프로젝트가 끝남과 동시에 기억이 리셋되곤 한다. 일주일 전에 다녀온 곳조차 기억이 나질 않는다. 다만 연재 잡지 등 아웃풋을 보면서 '아, 내가 이걸 했었지.'

하는 매우 사무적인 기억을 떠올릴 뿐이다.

사람들이 "놀러다니면서 돈도 버니 얼마나 좋아?" 할 때는 부글부글 끓는 속을 숨기기가 어려운 것도 사실. 확실히 여행은 여행이고 일은 일이다. 사진 때문에 빛 시간에 맞춰 움직여야 하고, 여행지를 즐기기보다는 교통편과 숙소, 음식 가격, 입장 시간 등 정확한 팩트를 수집하는 데 온 신경을 써야 하며, 개인적인 상념은 넣어두고 되도록 객관적인 사실에 입각해 여행지의 가치를 발견해야 한다. 찍고 싶은 사진이 아니라 필요한 사진을 찍어야 한다.

어찌어찌 열심히 써서 세상에 선을 보여도 때가 좋지 않으면 악플에 시달리기도 한다. 언젠가 시리즈 연재를 했는데, 여행지에서 갑자기 흉악 범죄가 발생하는 바람에 '기레기가 돈 받고 쓴 기사'라는 오해를 받기도 했다. 사건이 발생하기 한참 전에 나온 잡지였지만 악플러들은 그런 사정을 봐주지 않았다. 수천 건의 악플로 해당 잡지사는 예상 밖의 호황(?)을 누리기도.

악플 중 가장 무서웠던 것은 신상털기다. '어디에 살았고, 무슨 일을 했었고, 어디로 이사했고, 어떤 성향의 여자다……' 마치 내 일거수일투족을 다 알고 있다는 듯 감정 없이 달아놓은 댓글을 보며 나도 모르게 지인들을 하나씩 곱씹어보기도 하였다. 이것 외에도 몇 번의 악플 사건이 있었는데, 이런 일이 반복될수록 내 글은 평이하고 일반적이면서도 방어적으로 변하곤 했다. 즐겨야 하는 여행이 프로덕트이자 서브젝트가 된 것이다.

종종 이런 말을 한다.

"여행작가가 되고 여행을 못 다니네요."

내 말에 동의하는 사람은 몇 명 보지 못했다. 어쨌든 여행이 좋아 여행작가가 되었으니 결국 꿈꾸는 건 '진짜 여행'이다. 이제는 경력과 함께 요령도 늘었다. 한번씩 큰 프로젝트가 끝나면 스스로에게 여행이라는 상을 준다.

이때 제1규칙은 큰 카메라를 들고 가지 않는다는 것. 습관은 어쩔 수 없어서 결국 여행 사진을 찍어오게 되는 게 문제라면 문제다. 멋진 풍광 앞에서는 와이드렌즈의 아쉬움을 토로하며, 여전히 셀카는 어색해한다.

두 번째는 동선만 크게 정해두고 일정은 짜지 않는다는 것. 너무 바쁘게 다니지 않으려고 별 계획 없이 떠나는데 그러다 보니 갑자기 한가해진 시간을 어쩌지 못하는 게 또다른 문제다. 생각해보면 진짜 여행을 다니던 그 시절에도 계획 짜는 걸 너무 좋아했으니 이 방법은 좀 개선의 여지가 있다.

세 번째는 '패키지여행'이다. 의지 없이 따라다녀야 하니 제대로 관광객 모드가 될 수 있다. 다만 이제는 여행업의 생리를 너무 잘 알게 되어 마냥 순수하게 즐기지를 못한다. 결국 난 여행작가 이전으로 완전히 돌아가기는 힘들다.

그렇다고 여행작가로서의 여행이 모두 일이기만 했던 건 아니다. 동료와 함께했던 여행, 수많은 팸투어(지방자치단체나 여행업체 등이 지역별 관광지나 여행 상품 따위를 홍보하기 위하여 사진작가나 여행 전문 기고가, 기자, 블로거, 협력업체 등을 초청하여 설명회를 하고 관광, 숙박 따위를 제공하는 일 : 편집자 주), 한국관광공사 프로젝트의 하나였던 '명사와 함께하는 지역 이야기', 산업관광여행지 취재, 서귀포 건축문화기행 프로젝트 답사 등은 함께한 사람들이 있어 좋았다. 대부분의 취재 여행을 혼자 했으니 길동무가 있던 여행은 그저 좋은 추억이다.

언젠가 내 책을 본 후배가 "언니 혼자 다녔어?"라고 물었다. "그치, 누구랑 가……." 그러자 1초도 안 돼 돌아온 말은 "엄청 외로웠겠다."이다. 얘가 그걸 어떻게 알았지? 그동안 여행책을 보고 그런 걸 물어보는 사람도 없었고, 외로웠겠다고 하는 사람은 더더욱 없었다. 한순간 마음이 무너졌고, 언젠가 지독하게 외로웠던 섬 취재가 떠올랐다.


흑산군도 취재를 위해 연말에 들어갔다가 기상 악화로 예정보다 4일을 더 머물렀던 섬 가거도. 목포항에서 쾌속선으로 4시간을 달려 들어간 가거도는 서울보다 상해가 가까운 그야말로 '외딴섬'이다. 예전에는 소흑산도라 불렸을 만큼 신안 1004개 섬 중 큰 섬에 해당한다.

들어갈 땐 호기롭게 들어갔는데 날씨 때문에 일정은 매일 틀어졌고, 업무적으로도 꼬여만 가고 있었다. 매일 항구에 나가 '오늘

대한민국 최서남단 섬 가거도

은 배가 들어오나……' 하는 중에 12월 31일이 되었다. 낮에는 언덕에 올라가 이 섬의 뷰포인트를 찾아다녔고, 여관방에 돌아와 낮잠을 한숨 자고 짐 속에 가져온 컵떡국을 저녁으로 먹었다. 해는 순식간에 넘어갔고, 고깃배 하나 뜨지 않는 밤바다는 유난히 검었다. 그동안 경험한 오션뷰 중 최고의 적막함이랄까.

밤이 되자 갑자기 마을사무소 쪽에서 음악이 흘러나왔다. 이 섬에서 연말이면 늘, 적어도 100년 동안 그래 왔을 것 같은, 아무도 반응하지 않는 삼시 세끼 같은 일상성이 느껴졌다. 반주도 화음도 없는 차임벨 연주는 '올드 랭 사인Auld Lang Syne'. 아무 기교도 없이 정박으로 딱딱! 흘러나왔다. 나도 모르게 따라 부르게 되는 그 유명한 노래.

"오랫동안 사귀었던 정든 내⋯⋯."

흑흑, 엉엉⋯⋯. 알 수 없는 설움이 울컥 차올라 한참을 통곡했다. 연주는 건조하게 두 번 반복되고 꺼졌다. 나의 통곡 또한 그와 함께 멈췄다. 무슨 일 있었냐는 듯 창문을 닫고 TV를 켰다. 집에 있으나 나와 있으나 결국 연말엔 TV네.

여행작가라서 좋겠다고? 좋기도 하다. 안 좋을 때도 많다.

"그래서 그게 여행이었냐, 아니었냐? 너에게 여행은 무엇이냐?" 누군가 묻는다면 여전히 답을 찾지 못했다고 말해야겠다. 누군가는 여행을 길 위의 학교라고 하는데 꼭 그런 것 같지도 않다. 떠나면 답이 있다고 하는데 그것도 좀 과하다. 다만 그 시간들이 쌓여 지금의 내가 있는 건 분명하다. 텅 빈 통장과 대책 없는 노후도 그 탓이요, 때로는 지나친 수다도 그 탓이요, 크고 작은 트라우마와 트라우마의 치유도 그 탓이요, 가늘게 연락이 닿아 있는 외국인 친구, 여행작가로서 하는 강의, 수만 장의 사진들, 지금도 앞으로도 쓰게 될 몇 권의 책, 수백 개의 냉장고 자석, 가끔 이국적인 입맛, 가끔 까다로운 에티켓과 습관 등 그 탓 아닌 것이 없다. 그리하여 나에게 여행은 라이프 스타일, 생활 방식이 된 듯하다.

추억은

1인칭 주인공 시점

　여행작가 중에는 의외로 여행 프로그램을 보지 않는 사람이 많
다. '남의 여행 이야기에 관심 없어서', '남 자랑은 보기 싫어서'가
대부분의 이유이다. 난 반반이다. 급하게 여행을 가야 할 때는 해
당 여행지의 방송 프로그램을 빨리빨리 돌려보며 준비할 것을 챙
긴다. 특히 이집트 여행 때는 피라미드와 유적에 관한 다큐멘터리
가 많아 매우 유용했다. 약간의 관심과 흥미는 여행을 더욱 윤택
하게 하고, 다녀와서도 호기심이 지속되게 한다.
　다녀온 사람들의 이야기가 도움이 되기도 한다. 여행 후 글이나
동영상으로 기록을 남기는 이유는 첫째가 자신이 추억하기 위함
이고, 둘째가 다른 사람들과 소통하기 위함일 것이다. 이때 조심

해야 할 것은 섣부른 일반화이다. 짧은 경험을 바탕으로 '걔네는 이래.' 하는 경우를 종종 본다. 심지어 팟캐스트나 유튜브, 케이블 TV의 여행 토크 프로그램에서 '여행가'라 일컫는 사람들의 무책임한 일반화를 목격할 때가 있다. 시청자가 가보지 않은 여행지가 아름다운 영상과 이야기로 잘 포장되어 있지만 잘 들어보면 매우 오만한 태도일 때가 있다. '먼저 다녀왔다는 것'은 상당히 소중한 경험이지만, 나를 통해 그곳을 인식하게 될 다음 사람에 대해서는 어느 정도 책임감을 가져야 한다. 그런 의무를 가진 여행가들이 '걔네는 그런 애들이야.' 또는 '여행이 전부야. 용기를 내고 무조건 떠나봐.' 식의 이야기를 하는 것이 나는 좀 불편하다.

여행자 대여섯 명이 둘러앉아 자신이 여행 중에 했던 기행들을 앞다투어 자랑하는 것을 본 적이 있다. 해당 여행지 사람들을 다소 미개하게 표현하며 자신이 그곳에서 상당히 튀는 행동을 했다는 스토리를 '걔네, 걔네……' 하면서 떠드는데 이야기가 보태질수록 강도가 세졌다. 마치 외국에 나가 이상한 행동을 하지 않으면 좋은 기회를 놓치는 것이라고 여기는 듯한 분위기였다.

단지 여행가들의 이야기만은 아니다. 내가 강의 때마다 강조하는 두 가지가 '여행 중 나의 여행과 남(블로그 등)의 여행을 비교하지 말자.'와 '여행을 추억할 때 일반화하지 말고 내 이야기를 하자.'이다. 대상지를 객관화하여 '걔네들은'이라 하지 말고, '여행지에서 나는'이라 하기를 권한다. 자신의 느낌을 충실히 표현하는 것만으로도 충분하다. 나의 감동, 재미, 혼란, 부끄러움, 내가 본 것, 들은 것, 배운 것, 실수한 것, 잘한 것……. 한마디로 여행에 허세를 빼고 솔직함을 넣기를 권한다. 이것은 여행기를 쓰는 요령이기도 하다.

그리고 꼭 여행기를 남기길 권한다. 글솜씨가 없어도 괜찮다. 조금이라도 써놓으면 분명 보물이 된다. 여행 중 정리한 가계부도 추억의 일부가 된다. 유효기간이 짧은, 휘발성 강한 페이스북이나 인스타그램은 데이터가 쌓이긴 하지만 다시 열어보기가 다소 불편하다. 블로그나 일기장이면 좋겠다. 나 또한 앞에 소개한 모든 채널에 기록해보았고, 워드프로그램이나 메모장도 이용해보았지만 원할 때 다시 열어보게 되는 것은 블로그와 일기장이다. 너무 옛날 사람 같은가? 어쨌든 내 경험은 그렇다. 뭐가 돼도 좋으니 꼭 기록하기를 권한다. 기록만이 기억이 되고 추억이 된다.

추억은 훗날 빼먹는 사탕 같은 거다.

# 안녕들 하신가

**펴낸날** 2021년 5월 6일
**펴낸이** 유윤희
**글쓴이** 송세진
**교정 교열** 신현신, 유윤희
**마케팅** 유정희
**표지와 본문 디자인** 행복한 물고기
**제작** 제이오
**펴낸곳** 오늘산책

**출판등록** 2017년 7월 6일(제 2017-000141호)
**주소** 서울 서초구 사평대로 22길 48 B-204
**전화** 02.588.5369
**팩스** 02.6442.5392
**이메일** oneul71@naver.com
**ISBN** 979-11-965830-2-6 03810